集英社オレンジ文庫

鎌倉男子 そのひぐらし

材木座海岸で朝食を

相羽 鈴

本書は書き下ろしです。

KAMAKURA BOYS

Contents

Sonohigurashi

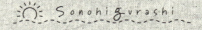

イラスト／ｓｙｏ５

第一章

水澄 1

2019 4

なんで自分は、飲食店でバイトを始めたのに犬の散歩をしてるんだろう。浜へと続くほんの数十メートルの坂を下りながら水澄《みすみ》は思った。歩いて二十秒、走れば十秒、はしゃいだ犬のダッシュなら五秒くらい。

「こら！　待てってば、ケリー！」

ぷりぷりとした肉を揺らして首輪をすりぬけたウェルシュコーギーを追いかけて、高架になった国道一三四号線をくぐる。目の前に現れるのは夜明け前の材木座《ざいもくざ》海岸だった。

時刻は午前五時過ぎ、すでに空はふわりと白《しら》んでいる。

左手に見えるのは逗子《ずし》マリーナ、右手に伸びるのは由比ヶ浜《ゆいがはま》だ。由比ヶ浜の先には稲村ヶ崎《いなむらがさき》の切り立った崖《がけ》がせり出している。穴でもあけたようにへこんだ切通し部分に、一台また一台と車が吸い込まれていくのがごく小さく見えた。海に面した斜面からは、名前もわからない木がちょろりと伸びている。

右から左までぐるりとちょうど見渡せるような、ゆるく湾曲《わんきょく》した海岸線をもつ浜だ。広々とはしているが決して大きすぎず、国道沿いにはぽつぽつと規則正しく控えめに街灯が並んでいる。海面はひっそりと穏やかで、太陽に照らされるのを待って眠っているような姿はどことなく優しげだった。

犬用救命胴衣をつけたコーギーのケリーは肥満《ひまん》体に似合わぬ機敏さで駆けていく。

どこまでも静かに凪《な》いでいた遠浅の海を、尻を振りながらご機嫌で泳ぎ回りはじめた。波打ち際に近づいたところで捕まえてロングリードをはめ直す。服がドロドロになった。

「あーもう……お前海を愛しすぎだろ……」

同じように犬の散歩をしている寝ぼけ眼《まなこ》の老夫婦がのんびりと笑いながら通り過ぎた。

鎌倉《かまくら》駅から徒歩で二、三十分程度、にぎやかな観光名所を抜けて片側一車線の道路を南へ南へとひたすら歩いたあたりにこの浜はある。休日となれば話は別だが、平日のこの時間にいるのはほとんどが地元民だ。

「元気だな……犬」

ダイエット中の犬を自由気ままに泳がせるうちに、少しずつあたりが明るくなってきた。稲村ヶ崎の奥に、富士山《ふじさん》の影がぼんやりと見え始めた。天気がいい朝は、遠く伊豆《いず》半島も見える。この、山や崖や半島が何層も重なって見える由比ヶ浜側の景色が特に気に入っていた。一枚ずつグラデーションで姿を現すのが不思議な感じがする。

「帰るぞ……うわっ、冷たい」

思い切り体を振って水を散らし、未練がましく海に入ろうとする犬をどうにか抱き上げて、砂浜を上る。古びた漁師町屋の一階を改装した小さなレストランがすぐに見えてきた。

スケボーの古デッキに白いマーカーで「そのひぐらし」と書いてある。

江ノ電《えのでん》の始発に合わせて午前四時台から営業している「早朝食堂」だった。

砂まみれになった犬をガレージで洗ってやって専用のポールにつなぎ、汚れた服をバックヤードで着替えて店内に戻ると、すでに客が二組入っていた。

「おう水澄いいとこに来た。Bセット佐田《さだ》さんに持ってってって」

カウンターから声をかけられる。くりっとした大きな目に八重歯《やえば》の目立つ気の強そうな口元、健康的に焼けた肌。一歳年上の先輩バイト、大宮流《おおみやりゅう》だった。

「……わかった。手洗うから待ってて」

「おいこら、敬語使えよ」

カウンターに出されたBセットは洋食モーニング。しらすをのせたトーストに小さなオムレツ、付け合わせに鎌倉野菜のピクルスと、同じく鎌倉産からし菜のプチサラダ、ほんの小量だけポテトサラダもついている。ポテトサラダはほんのりと黄金色をしていた。少しばかりカレー味を効かせると食欲も促されるし、体温が上がったような気がするから朝にはいいのだという。スープは具だくさんのBLTだ。味付けは薄めにしてあるようで、コンソメの色をしたスープはきれいに透き通っている。くったりと煮込まれてなお、トマトの赤とレタスの緑は生きてでもいるようにひときわ鮮やかだった。

「佐田さーん、朝食B出ましたー。新人バイトが持っていきまーす」

「はいよ……ああ水澄くん。ありがとね、いつもケリー散歩してくれて」

「……いえ」

コーギーのケリーは常連客である佐田の愛犬だ。この店は食堂に大改装される前、ペットグッズを扱うセレクトショップだったそうで、彼はその頃から出入りがあるらしい。

「朝からバイトして偉いなぁ。高一だっけ、学校楽しい？」

「……えっと、普通です」

会話が途切れる。あ、やば。と思って接《つ》ぎ穂を探していると、助け船のようにカウンターから流が言った。

「そいや佐田さん、先週って海入りました？」

「いや、膝《ひざ》が痛くて」

「もったいねー。低気圧来てて絶好のコンディションでしたよ、なんすか膝が痛いって」

「お前にもそのうちわかるよ！」

サーフィンのプロテスト合格を目指している流は、年齢不詳のサーファー風男性である佐田と気安く会話をしていた。流は誰に対しても如才《じょさい》なく相手をする。カメラ好きには日の出や日の入りの時間を教え、旅行中の女子大生には軽いナンパ、ついでに近所の高齢者にも孫のようにかわいがられている。言動の端々《はしばし》に荒っぽいところはあるが誰かと決定的に衝突しているのは一度も見たことがない。

「……えっと、これ、デザートです。お待たせしました」

対する自分は接客はいまだに、得意じゃない。もともと他人を前にすると話題に困るタイプで、犬相手のほうがまだ楽だと思ってしまう。お客さんと世間話ができる日なんて永遠に来ない気がする。皿洗いに軽い補充、注文取りにレジにトイレのチェックとやることはいくらでもあるから、そういうささやかな自己嫌悪もどうにか考えすぎずに紛らわすことができるけれど。

「そうだ水澄、お前夕方ヒマか？　オムレツのつくり方教えてやるよ。店長が会議もしたいって言ってたから」

「わかった」

「だから敬語を使え！　四時な、ちゃんと来いよ」

以前から、放課後に店で料理のほうを実習してくれるという話になっていた。家では親に代わって弟と妹の分まで食事をつくっているという流は見た目によらず面倒見がよく、また万事において器用である。店先に勝手に簡易シャワーブースやサーフボード置き場を作るし、水澄の自転車の調子が悪ければ直してくれる。

「よっ」

　窓際のテーブル席で和朝食を食べていたもう一人の客が立ち上がる。近隣の古民家ゲストハウスに泊まっていた旅行者なのか、大きな荷物を抱えていた。通路はさほど広くないのであちこちぶつかってしまいそうで、手伝うことにする。

「あ、俺持ちます」

「へー、水澄くん細いのに意外と鍛えてんだなぁ。さすが『例の彼』の弟」

「……」

　様子を見ていた佐田の感心したような一言に、わずか数ミリ口角が下がるのが自分でもわかる。

「あ、それ禁句ですよ、こいつの前で」

　取りなすように流が言うものだから、ささやかにムッとした。禁句なんて大げさなものではない。かといってまったく禁句ではないのかと言われたら……どうだろう。

「別に全然そんなことないし……千円になります。ありがとうございました」

　荷物を持って外に出ると、バス通りはすでに明るくなっていた。マリンスポーツ客向けのクラブハウスに蕎麦屋《そばや》や青果店、もちろん、ごく普通の家々も。材木座五丁目、六丁目あたりは古いものと新しいものがそれぞれ主張をしすぎずに混在する界隈《かいわい》だった。舟屋を彷彿《ほうふつ》とさせるような造りの木造住宅とモダンなタイル使いの新築が道を挟んで並んでいるというような光景も珍しくない。この「そのひぐらし」もまた、漁師町屋の一階部分に大胆《だいたん》にペンキを走らせたような外観の、新しくて古い店だ。

木製のトロ箱に廃材をくっつけたメニューボードには「本日の朝食」が書き込んである。和朝食のほうは鯛《たい》のアラで炊《た》いた飯とわかめの味噌汁《みそしる》、たけのこの照り焼き。

開店は日の出前、ランチ営業はやったりやらなかったり適当に。店員の気分とその日の仕入れ次第で朝食メニューを二、三パターン、要望があればオムレツや干物といったごくオーソドックスな品も用意する。名物のシラスも鎌倉野菜ももちろん出すがそればかりがメインではない。あくまで「美味《おい》しい朝食」にこだわる、それ以外のことはあまりうるさく決まっていない、そんな店だった。

美味しかった、また来るよと言って去っていく大荷物の客を見送り、店に戻る。ポールにつながれたケリーがもう一度浜に連れていけとばかりお座りで訴えてくるが、顎《あご》の下をちょんちょんと撫《な》でるにとどめた。

早朝食堂を七時半であがったあとは、海岸線を通って高校に向かう。自転車は兄のお古のトレックで、踏めば踏むだけどんどん前に進むから気持ちがいい。

材木座海岸から、海にぴったりとくっついている国道一三四号線をひたすら西だ。

空は青いというよりはまだ白っぽく、トラックが並ぶ海岸通りの空気はどことなくけぶっていた。浮き玉で作られたトーテムポールのような謎のオブジェが並ぶ由比ヶ浜の漁師小屋、青いタイルで波の模様が描かれた防波堤が伸びる鎌倉海浜公園。景色は数百メートルずつ変わっていく。見上げるような高さの崖が視界に入ったあたりでぐいぐいと足に力を入れて、一気に岬《みさき》を抜けてしまう。この稲村ヶ崎でパッと視界が開ける瞬間が好きだった。さっきまでただの遠い景色でしかなかった場所に自分の足で入って、海岸線を端までなぞりきった達成感がある。

黒っぽい砂浜を横目にひた走る。

最近あまりしっかりと体を動かしていないが、片道四キロくらいなんてことはない。自分には体力が余っているんだなとぼんやりと考えた。余っているというより持て余している、と言ったほうがより、しっくりくる。根元までくっきりと形を浮き上がらせた富士山に突っ込むような形で、一定の速度でペダルを踏み続ける。毎日見ていても富士山というのは不思議と飽きない。海は朝日を受けて輝いていて、水平線のまっすぐさ加減がちょっと怖いくらいだった。

二〇一九年の春。横浜《よこはま》郊外、相模《さがみ》鉄道沿線の特には何もない街から鎌倉に引っ越した。

距離だけでいえばごくごく近場の引っ越しだが、生活はがらりと変わった。生活圏が海辺になり、制服が学ランになり、そして駅前のスイミングクラブで十一年やっていた水泳を完全にやめた。それからずっと、時間をどう使っていいのかわからない。週二か三でバイトして、一応勉強もして。燃え尽きたのとも倦《う》んでいるのとも違い、何かただ、できてしまった余白に何をのっけていいのか困っているような。

引っ越しが決まってから死ぬ気で勉強してどうにか受かった高校は、七里《しちり》ガ浜《はま》海岸を見下ろす絶好のロケーションにあった。ちょうど山肌に沿うような形で建っており、校舎の端から端までどこからでも海が見える。付近で何かの撮影をやっているのもよく目にするし、小テストが終わった放課後など、裸足《はだし》で夕日を浴びながら遊んでいる同級生もいる。正直気後《きおく》れするほど「青春ぽい」高校だった。

「じゃーなー」

「うん」

そんな高校に通っておきながら、特には何かが起こることもなく、日々は淡々《たんたん》としていた。横浜郊外からの「越境組」数人と雑談程度できる仲にはなれたが、彼らは学校の目の前にある七里ヶ浜駅から江ノ電で帰るので、教室でそのまんま別れてしまう。

「水澄」

「あ、菜々美《ななみ》」

自転車置き場で自転車のロックを外していると、ブレザー姿の女子から声をかけられた。

現状、学校にメシ友以上の友達は一人もいない。しかし女友達というやつが一人だけいる。それがこの上野《うえの》菜々美だった。背は高すぎず唇は赤すぎず眉は下がりすぎず前髪の形は攻めすぎず。ちょっと不愛想だが意外と誰にでも挨拶《あいさつ》はする。別に特別仲がいいわけじゃないがこうやって学校のどこかで会えばぽつぽつ話す。

「チャリ通大変じゃない？」

「別に、そんな遠くないし」

自力で作った友達なら、それはそれで頑張った感もあるだろうが、しかし菜々美は小学校だけ同じところに通っていた、要するに幼馴染《おさななじ》みだった。そのうえ彼女は割と女社会で苦労しているタイプで正直、高校生活つまんねーと思ってる者同士で寄り合った感は否《いな》めない。

「石村《いしむら》たちと帰んなかったのか？」

「江ノ高《えのこう》の男子と合流してボウリング行くって言うから、ちょっと時間ずらそうかなと思って」

「行けばいいのに」

「ボウリングはやだ。ストライク嬉《うれ》しいけどキャーって言えない」

「……なるほど」

その気持ちはわからないでもない。

「なんか上手に喜べない私が悪いのかなって気分になる」

本気で嫌がっている風ではないが、ため息交じりの口調だった。菜々美は菜々美で入学後になんとなく同じタイプと思われた一群に入ったものの実は微妙にノリが違い、しかし離れるきっかけもなくずるずるとそのままらしい。派手じゃないけど休みと放課後はしっかり予定が入ります、うるさくはないけどいつもさりげなく盛り上がってますという感じで、確かに楽しそうだがついていくのは大変そうなグループだった。

「水澄って連休なにしてんの」

「バイト」

「楽しい？」

「割と。これから店で会議すんだって」

「へー」

お互い社交的ではないせいか、水澄と菜々美の会話には大体いつもほんのりとブツ切り感が漂っている。なんとなく波長は合っていないこともない気がするが、話が弾んでいるのかといわれればかなり、怪しい。

「ね、五日、バイト終わったあとに江《え》の島《しま》行かない？」

しかし今日に限って突然、菜々美がこんなことを言った。

「え？」

「だから、連休」

「……？」

なんで、と聞くのはさすがにとどまったが、予想外だったのできょとんとしてしまう。

確かに摑《つか》めていた間合いのようなものが、突然わからなくなったような気がした。

「……江の島」

またなんでそんな近場に。しかも『あれ』にちなんだ場所に。

と一瞬考えたのが顔に出たのだろう。菜々美の表情もごくかすかに曇《くも》った。

「やだ？」

「ぶっちゃけ江の島は気乗りがしない」

「なんで？」

そう問われると、はっきりとは理由が説明しづらい。

「…………なんでもない。いいよ江の島で」

あ、やば。とまた思う。「いいよ」という言い方に感じの悪さがにじんだ気がした。しかし取り繕《つくろ》うと余計に変なことを言いそうな気がして結局黙る。菜々美は気にした風もなく「昼過ぎでいい？」と予定を確認してくる。

「でも、なにすんの？」

「猫を見る」

「……猫」

「そう」

「見るだけ？」

「うん。猫は見るだけ。追い回したり触ったりはしない方向で。あと一つ用事があるけど、まあそれはそれで流れで済ませればいいから」

よくわからないがとりあえず江の島に出かけることが決まったらしい。

「一時に小田急《おだきゆう》のほうの駅前でいい？」

「わかった」

別に嫌じゃないけどなんでこいつと遊ぶことになってるんだろうとぼんやり考えつつ、自転車を押して歩きだす。並んで歩く菜々美は体の前に回したデイパックに顎を乗せ、ふー、と息をついた。

「あー、お腹《なか》すいた。『ふたご軒《けん》』でミルクラーメン食べようかな」

「……一人で？」

「うん。あ、でも石ちゃんに知られたら怒られちゃうな。今日はやめとこ」

「ていうかあれ旨《うま》いの？」

「クラムチャウダーみたいで美味しいよ。学割きくし」

学校の目の前のラーメン屋でボッチ飯。しかも牛乳ベース。チャレンジャーだ。

「じゃあねー」

「んー」

自分も店に向かおうと、自転車で坂を下り海岸線に出る。山沿いを走る江ノ電と一瞬だけ並走して、朝来た道を戻っていく。今日はどこの浜も波が穏やかで、サーフィンよりはスタンドアップパドルのほうが数が多い。

国道一三四号線に高校生の姿はほとんどなかった。

自転車通学には学校の許可が必要だが、チャリ通の生徒もそれなりにはいるはずだ。みんなどこ通って帰ってるんだろうとぼんやり疑問に思う。もっと交通量の少ない裏道とかあるんだろうか。しかしあるにしても、それを教えてくれそうな相手はとりあえず誰もいない。だから毎日、朝日と夕日を背中に受けつつ海辺をひたすら走っている。

入学前からバイトを始めて一カ月弱。放課後やることは特にないので、フラッと店に足が向きがちだ。営業は昼で終わっているが、顔を出せば誰かはいることが多い。今日は流がカウンターでスマホをいじっていた。通信費を浮かせるため、ここのＷｉ《ワイ》－Ｆｉ《ファイ》でたまったラインの返信をしまくっているらしい。

「これ何？」

カウンターに駅前で買ったと思《おぼ》しき鎌倉ハムのソーセージが何本か置いてあった。

「佐田さんの差し入れ。いつもケリーの散歩してくれるからだってさ。今日昼までいたんだよ。仲良く一緒にスマホでサーフィン映画観ちゃったよ」

「あの人って普段何してんの？」

サーファーだとは聞いたが、海に入っているのはまだ一回も見たことがない。

ついでに年齢も三十二から四十八まで聞くたびに変わる。焼けた肌に金髪なので年の頃がわかりにくい。

「さあ？　あの人はな、湘南《しょうなん》によくいる謎の大人だよ、あんまり突っ込んでやるなよ」

たぶん、ちょっと古い言葉で陸《おか》サーファーといいたいのだろうが明言は避けるあたり流も優しいといえなくもない。

「こんにちは」

「お、統一郎《とういちろう》。お疲れさん」

十代の男性らしからぬ「日本語として正しい」挨拶でやってきたのはもう一人の先輩バイト統一郎だった。横浜の国立大学の二年生で、いつも落ち着いた私服をさらっと着こなしている。意思の強そうな眉としっかり通った鼻筋の目立つサムライのような顔をしているが、顔立ちではなく顔つきが柔和なので威圧感はまったくない。人の顔の印象というのは不思議だ。「こんにちは」と丁寧に発音し人を傷つけないようしっかり設計されたような顔で笑う様子を見ていると、彼は今まで失敗とかしたことないんじゃないか、とたまに思ってしまう。そんな人間がいないのはわかっていても。

「はいはい、おはようさんバイトども。会議を始めるよー」

ぎしぎしと階段を鳴らして、二階の住処《すみか》から店長が下りてきた。

こちらはゆるく伸ばしたくせのある髪に丸眼鏡。流曰《いわ》く「ジョン・レノンというかジョン・レノンの物真似をする人」に似ているらしい。水澄はジョン・レノンの顔をよく知らないが、なぜだかそう言われると納得した。表情にはこなれたような雰囲気があるし服装もナチュラル系だが、どうにも隠しきれない絶妙なうさん臭さを醸《かも》し出している。事実かなりの自由人で、学生時代から気まぐれに事業を仕掛けてはいくつかコケさせていくつかは当て、今は旅人のようにあちこちをフラフラしている。

「店長、今日の会議ってなんスか」

「新メニューについてだ」

「えー、つかこの店でそんなこと言われてもなあ。メニューほとんど決まってないじゃん」

流がカウンターの中に回って一冊のファイルを持ってきた。これまで出してきた朝食メニューがずらりと書き込んである。一年前の開店当時はエッグベネディクトやパンケーキがメインだったが、しかしその後、迷走に迷走を続けている様子がよく見てとれた。昨年の夏ごろからは「メレンゲ系卵かけご飯　※クックパッド参照」だの「三崎《みさき》まぐろタタキのせアレンジ素麵《そうめん》　※素麵は井戸屋敷のばあちゃんが中元の残りを寄贈」だのと、行き当たりばったり感のあるメニューがしばしば登場している。

「それはお前らが適当にアレやらコレやら出すからだろ！　ホントはちゃんとした店なんだよここは」

「いや店長はもっと俺らの手腕に感謝するべきですって。ていうか寸胴鍋《ずんどうなべ》買ってくださいよ。ラーメンつくりたいっすラーメン。ちゃんとしたラーメン屋をやりたい」

「コンセプトに合わないだろ！　俺はね、下町情緒漂う閑静《かんせい》な住宅街で気の利いたランチプレートとか出す店がやりたかったの！」

「あー、知らないんすか店長、朝ラーメンって流行《はや》ってんですよ、意識高い系のやつ」

「あんなコトコト煮込み倒さなきゃいけないもんを誰がつくるんだよ。お前らはまったく店の名前から何から何まで改造して……」

「いやしょうがないでしょ。元いたシェフいなくなっちゃったんだから。ぎっくり腰で」

と流が口を挟むが、店長は聞いていない。

「もともと俺はさあ、朝食営業に関しては洗練と完璧を求めたかったんだよ。ビルズとかサラベスみたいに、ヘルシーでフレッシュでラグジュアリーな。でありつつ自由な空間にしたかったわけだ、雰囲気が固定されないように」

あ、始まった、と思う。オシャレと最先端を愛する店長はこれらについて語ると長い。

「立地は鎌倉エリアの中でも近年注目が集まってきた隠れた名所、材木座。新旧の混在する懐かしくも新しいエリア。何もないようで何でもあるようでやっぱり何もないような気がする町。だからインテリアや食器も混然一体を目指したんだよ、テーブルと椅子《いす》をバラで買いつけて、テーブルのほうの高さに合わせて椅子の足切ったりな、大変だったんだぞ」

確かにこの店はいろいろとチグハグだった。店内の壁は白く塗られ、腰から下だけ、目に優しい美しいターコイズブルーのストライプ模様になっている。オーソドックスなマリンスタイルのレストランと見せかけて、家具は錆《さび》の浮いたスツールだったり、布張りのソファだったり統一感がない。テーブルの一台などは、昔ながらの喫茶店から引き取った麻《マー》雀《ジャン》ゲームの筐体《きょうたい》だ。

「いいか、俺が目指したのは『計算しつくされた雑然』だ。しかし見てみろ。これは『ただの雑然』だ。今のメニューの統一感のなさも当然『ただの雑然』寄りだ」

「違いがわからない……」

水澄はボソッとつぶやいた。まあ確かに、店長の狙った路線でないことはわかる。壁など、当初は電気ケーブルやコンセントの類《たぐい》も見せずに隠したいとこだわっていたらしいが、今や常連客の釣果《ちょうか》の写真やら流が持ってきたサーファー向けの潮汐表《ちょうせき》やら観光客のスナップ写真やら明治時代の鎌倉の地図やら、好き勝手なものが雑多に貼り付けられている。

「まあまあ、朝飯なんて食べれて栄養あれば何でもいいっしょ」

「それをここの店員が言う？」

統一郎が苦笑し、使い込まれた帆布《はんぷ》のトートバッグから本を何冊か取り出す。すべて料理や栄養に関する本で、中にはそのものずばり「毎日の朝食に」というものもあった。

「母からいろいろ借りてきたんです」

彼の母親は市役所の管理栄養士をしている。何かといい加減な店だが、栄養や衛生といった面は統一郎がいることで一定のレベルを保っていた。彼は料理だけでなく盛り付けなども上手にこなす。

「お粥《かゆ》はどうかなと思って。基本的な白粥《しらかゆ》を鍋いっぱいつくればそれだけで基本の仕込みが終わるし。あとは出汁《だし》を混ぜたり具をのせたりでアレンジできるそうです。保存にコツがいるから難しいかもしれないけど和風から中華風まで何でもできるし」

「おお、さすが国立大生。俺のブレーン」

付箋《ふせん》のついたページを指さしながら淀《よど》みなく説明され、店長が頼もしそうにうなずいた。

「うわ、今の聞き捨てならねぇー、現場でソルジャーやってんのは俺でしょ俺。給料上げてくださいよ」

「考えとく考えとく」

「絶対上げない気だよこの人……てか水澄、お前も意見出せよ」

「特に……ない」

「だから敬語を使え、敬語を」

料理にまったく興味がないわけでもないが、意見を求められると困ってしまう。もともと朝はあまりがつがつと食べられるほうではなく、しかし一応はスポーツ選手でもあったので鶏肉《とり》の入ったサラダや雑穀《ざっこく》パンをトマトジュースで流し込むようにして食べていた。

「まあ君は五月の繁忙《はんぼう》期までにしっかり仕事覚えてくれればいいからさ」

「あ、そうだ店長。こいつにオムレツつくらせてもいいですよね」

「いいよー。きちんとつくるとなるとかなり難しい料理だけど練習したほうがいい。店に何かあっても最悪はそれがあれば営業できるから」

「…………そんな理由なんだ……」

情けない裏事情を隠しもしない店長に、思わずつぶやいてしまった。

「おっと、いやいや、シンプルな卵料理は奥が深いからね。しばらくは流に鍛えてもらいなさい。彼は元ホテルスタッフだからお手のもんだよ」

「なんか褒められてる気がしねーんだけど……まあいいや。水澄、お前連休明けの夕方ヒマ？　火曜と木曜来れる？」

「大丈夫」

こくりとうなずきつつそう答えると、店長が嘆かわしそうな顔になって言った。

「仕事頑張ってくれるのは嬉しいけど、せっかく高校生なのに制服デートとかしなくていいの？　ていうか、水澄だけじゃなくて流と統一郎もだ。青春真っただ中だろ、十代の諸君。まして今年は大連休なんだからさあ」

「げ」

流の顔がちょっと大げさなくらい引きつった。

「なんだよ『げ』て」

「オッサンってそういうこと言いがちだけどまさか本当に言うとは思いませんでした」

「うん、俺もちょっと思いました」

「……俺も思った」

アルバイト三人から口々に言われ、三十五歳独身店長の顔もまた、気の毒なほど引きつる。

「いや何で恋愛してないのかって聞いただけでオッサンオッサンって言われるわけ？　最近の子はそういうの面倒くさがるってのはホントなの？　片瀬《かたせ》のファーストキッチンで向かい合ってクリームソーダとか飲んだりさ、普通するでしょ？」

「みんなそこまで恋愛モードでもないっていうか……」

首を軽く横に傾け、統一郎が苦笑いとともに答えた。

「えー、じゃあさ、全員その一、操《みさお》正しく生きてるってこと？」

「黙秘！」

「店長、セクハラです」

流と統一郎から発せられた声はキレイに重なっていた。

「なんだよ、誰かを好きになるってのはいいもんだぞ。ないのかそういう経験は」

そこへ至って、何かをきちんと考えるような少し込み入った感じの沈黙が流れた。その沈黙は「そういえばないかも」とでもいうような何ともいえない空気にとってかわる。

マジかよー、と店長が軽くのけぞる。

「そろいもそろって恋愛未経験か。いや別にいいんだけど……てことは君たち、連休ヒマ？　夕方まで営業してみよっかな」

「いや俺は忙しいっす。家族サービスで。妹を遊びに連れてくんで」

「俺もゼミの令和記念ディズニーあるんで無理です」

「なんだ、しっかり忙しいのか……水澄は？」

「……あのさ」

せっかくだから聞いておくべきだろうかと思いつつ、ちょっとかしこまって切り出した。

「五月五日に、クラスの女子と江の島行くことになったんだけど」

事実を告げると、若者二人とおっさん一人の目がちょっと見開かれた。

「マジか。お前色気づいてんな、生意気に」

「水澄の口から女の子の話って初めて聞いたよね。どんな子？」

「小学校三年と四年だけ同クラで、中学は別。今クラスが一緒」

「幼馴染みとの再会ってやつか。くぁー甘酸《あまず》っぱいね。ボンヤリしてるようでちゃんとやることやってんじゃん」

思ったより反応が大きいのでなんとなく居心地が悪い。言いだすタイミングを間違えた気もしたが、できるだけさらっと本題に入った。

「でもさ、俺、江の島って行ったことないんだ」

「「ええ？」」

こちらも思ったよりずっと、反応が大きい。そんなに驚かなくてもいいのに。

「江の島、行ったことないの？　こんなに近いのに」

「お前がもともと住んでたのって横浜だろ？　そんなことってある？」

「……しょうがないじゃん。ないもんはないんだから」

水澄の生活はこれまで、自宅にほど近い相鉄《そうてつ》線の駅前で完結していた。小学校と中学校とショッピングセンターとスイミングクラブ。水泳を本気でやっていたから記録会や合宿のために学校行事やレジャーを欠席することも多く、遠足やクラス会で行くような場所に行った経験が若干乏《じやっかんとぼ》しい……だけど別にいいじゃないか。東京タワーだって地元民ほど上らないっていうし。

「だから……どこで遊べばいいかわかんなくて」

菜々美は猫が見たいらしいので特に必要ないかとも思うのだが、一応「何する？」と聞かれた時に答えられるようにしておきたい気持ちがあった。

「もしかしてデートコースの相談？　かわいいねえ、タピオカ飲みなよタピオカ」

「別にデートじゃない！」

目をキラキラさせる店長に、ムッとして言い返す。

「普通にエスカーでのぼって江島《えのしま》神社でお参りでもしたら？　あの辺りは花とか池とかきれいだし晴れてたら眺めがいいよ。かわいいお守りとか売ってるし」

統一郎は穏やかに微笑《ほほえ》みながら、素晴らしく『正しい』アドバイスをくれる。

「昔岩屋行ったっけなぁ。裏磯《うらいそ》だけど船ならすぐ着くし確かあそこの洞窟《どうくつ》暗くて天井低いし足場悪いから。ドサクサにまぎれて体くっつけて手でもつなげば？」

流は流で下心を隠さない方向性の助言をした。こっちは参考にはならない。

「……メモとっていい？」

覚えきれそうになかったので、スマホを取り出して教わった観光スポットのサイトをブックマークしていく。真面目だな、と統一郎がまた苦笑した。

「ただいま」

あれこれと外出計画を立てはしたが結局新メニューについては決まらないまま、流から料理を少し習って家に戻ってきた。以前住んでいたマンションの大規模修繕で一時退去を求められ、ならばということで両親が思い切って買った中古物件だ。

「おかえり水澄、あ、そこ今釘が出てるから気をつけて。棚作ってるの」

材木座と由比ヶ浜を隔《へだ》てる滑川《なめりがわ》を河口から十数分上って路地を入ったあたりに建つ、不動産屋が言うには「掘り出し物中の掘り出し物」の家らしい。築年数はそこそこ経《た》っていて、また前の住人がかなり手を入れたようでもあり設備や内装はやや古めでクセがある。しかし母は楽しんでせっせと作り変えていた。

「ご飯まだよね？」

「まだ。オムレツだけ食べた」

答えながら階段をのぼって入った自室はまだまだ仮住まいのようで少しよそよそしい。中学生の時から使っているベッドに、さすがに捨てようか迷ったけど持ってきてしまった学習机。それらの家具は同じなのに。家と学校とバイト先、生活全部が変わったばかりで、なんとなくすべてに借り物感がある。

ベッドに横になってスマホを見れば、兄からラインが届いていた。連休帰れなくてごめんな、みんな元気かー、という内容に、少し考えてから返事を送った。

『連休沖縄だっけ?』

『そう五日まで』

『沙穂《さほ》さんとは会う?』

『いや、沙穂も休みは忙しいから』

九歳年上の兄は観光案内所に勤める三つ年上の女性と婚約している。交際は大学時代から五年に及ぶがいつだって兄の口からは沙穂を褒める言葉が出てくるし、たぶん沙穂のほうでもそうなのだろう。菜々美と江の島に行く予定をふと思い出し、尋《たず》ねてみた。

『兄ちゃんって、学生の頃沙穂さんとどこで遊んでた?』

『まあ大体海だけど。カフェとか映画とかいろいろだよ。沙穂とならどこ行っても楽しい』

あーもうこれだよ、とベッドに突っ伏して思う。今は事情があって実家には住んでいない兄だし、年齢も離れているので、まぶしいにも程がある様相を見ても心はさほど騒がない。しかし実の弟相手だからといってこのノロケ方はどうなのか。「誰かを好きになるってのはいいもんだぞ」という店長の言葉がふっと頭によみがえった。いいもんなのかな。そうなんだろうか。

『水澄。もう泳がないのか』

ピコンと届いたメッセージを何気なく開いて、そこで指が固まった。実の弟だからって
この前置きのなさもどうなのか。
だけどその指はすぐ、するすると素早くさらに返事を送る。
『うん。たぶん』
『そっか。母さんによろしく』
会話はそれで終わった。「ご飯食べなさい」と台所から声がかかったので起き上がる。
なぜかはわからないがとにかく腹いっぱい夕食が食べたかった。

メモアプリに記した「岩屋」だの「エスカー」だのの文字をぼんやり眺めながら、小田急片瀬江ノ島駅の前で菜々美を待っていた。改装中で鉄骨の目立つ駅舎から出てきた菜々美はすぐに水澄を見つけ、ぱたぱたと駆け寄ってくる。菜々美の私服を見るのもそういえば久しぶり……というかよく考えたら小学生以来かもしれなかった。袖《そで》が膨らんだブラウスに動きやすそうな幅広のパンツ、女子が着るアイテムの名前はよくわからないが水色がよく似合うと思った。水澄は兄の荷物から切り返しの入ったデザインのTシャツと長すぎないパンツを選んで拝借してきた。

「おー」

「おー。待った？」

「ううん、別に」

すぐに歩きだした菜々美と並んで、国道の下を通る地下道に入る。十連休の終わりかけ、江の島入り口は家族連れやカップルや外国人観光客でごった返していた。地下道の入り口に、でかでかと文字の書かれた垂れ幕がかかっている。

『東京二〇二〇めざせオープンウォータースイミング日本代表、世界のヤマグチ』

じっと見てから、ふいと目をそらした。

来年はオリンピックイヤー、江の島は一九六四年の大会と同じくヨット競技の会場に決まっていることもあって盛り上がっている。今は確か島の東側を工事中のはずだ。

「うっわー、すごい人」

江の島と片瀬海岸をつなぐ弁天橋《べんてんばし》の歩道部分は、先までびっしりと人で詰まっていた。横の車道では車がびっしり渋滞している。

人の流れに逆らわずゆっくり歩いていると、少しずつ少しずつ目の前にそびえる島が近づいてきた。初上陸なので多少はワクワクするが、それは悟られないように平静を装う。

橋を渡りきってたどりついた江の島は、しかし感動に浸る暇もないほど人だらけだった。

つぼ焼きや磯ラーメンを売る店には行列ができており、エスカー乗り場に続く細い仲見世《なかみせ》通りはほとんど身動きもできないのではないかというほど混雑している。

「あ、猫！」

それでもどうにか鳥居をくぐろうと前に進んでいると、突然菜々美が声をあげた。

土産物《みやげもの》屋の隣の小さな横道に向かって、タッと人混みを外れてしまう。そちらはどうも、観光コースではない気がした。

「え、そっち行くの」

「今あっちに猫みたいな影が見えた」

「猫は追いかけないいんじゃなかったのかよ」

「追い回すのはダメだけど猫のいる場所は知りたい」

なんだそれはと思いつつ、しかし猫は本来の目的なのでついていく。

表通りからは完全に外れがらりと景色の変わった路地を、菜々美は臆《おく》さずにぐいぐいと入り込んでいく。菓子パンやお茶を売っている商店に貸《か》し竿《ざお》屋、古ぼけたメニューの料亭、ごく普通の民家に小さな民宿。

「江の島にも普通の家ってあるんだな」

「ね」

たった一回角を曲がっただけなのに参道にひしめき合っていた観光客は目で見て数えられるほどしかおらず、ひっそりとしたごく当たり前の生活の香りがある。鮮魚店の店先では大きなハマグリがこぽこぽと水をかけ流されていた。入ってはいけない場所に入ったような気分になるが、しかし妙に整ったような空気の流れる小道だった。

住宅街を出るとそこは江の島の東側、事前に叩き込んだ情報によるとヨットハーバーや釣り場として有名な突堤やバイカーが休憩する公園があるあたりだ。こちら側には岩屋も展望灯台も植物園もスパもない。ヨットハーバーは工事中でたぶん重機やトラックが停まっているだろうし、正統派の観光コースをたどるつもりで来たので完全に当てが外れた。

「ね、見て。いたよ、猫」

年季の入った大衆食堂の陰《かげ》で、和猫とも洋猫ともつかないふさふさとした猫がぱったり横に倒れるような姿勢で寝ていた。食堂の残り物でももらっているのだろうか、腹はぽってりと丸く、警戒心もまったくない。

「かわいい……ひげ袋ぴくぴくしてる」

「ひげ袋?」

「鼻の横のふっこりした部分」

「へー」

菜々美は一歩ずつそろそろと近づいて猫を起こさない距離を保ち、しゃがんでじっと視線を送る。声をあげるわけにもいかないので、その横顔を見るでもなく眺めていた。小学生の時より少し面長になって、全体にすっきりした気がする。まつげが少し上がっていることも発見した。これがいわゆる「きれいになった」ってやつだろうか。などと不意に考えてしまい、慌《あわ》てて軽く、自分の肩を逆の手でさする。目の前にいる相手にそういうことを考えるのはよくない気がした。なんでよくないのかはわからないけれど。

ひとしきり猫の寝顔を堪能して満足した菜々美は立ち上がると目の前の食堂を指さす。

「お昼、ここで食べちゃう？　どこも混んでそうだし」

「え？　うん」

しらすバーガーや参道の名物じゃなくていいんだろうか。ますます当てが外れたような気になるが、しかし昔ながらの食堂らしいシンプルかつ懐かしいカレーの匂いが漂ってきたので、急激に腹が減る。菜々美ってホントに我が道行くよな、と思いつつのれんをくぐった。

エプロン姿のおばさんが忙しく働く飾り気のない食堂で、カレーと迷って六五〇円のラーメンを食べた。

流行りものでも何でもない。ただの普通の中華そばだった。ちぢれ麺にくどすぎないしょうゆ味で、つるつるといくらでも食べられそうな気がする。菜々美が頼んだのは玉子丼で、女子って肉がなくても卵と飯だけで腹いっぱいになるんだなと、妙に感心した。店内にはカップルや釣り人など何組か客がいて、すぐ後ろの男性客たちからはヨットクラブへの寄付金が云々《うんぬん》といった金がうなった話も聞こえてくる。

「なんかさ……あれだよね」

「あれ？」

「この感じは『孤独のグルメ』っぽい」

「……あー、うん二人だから別に孤独じゃないけど」

特に意味もなく口にしてから気づいた。内容は間違っていないが言い方がまずい。なんだそれは。二人だから孤独じゃないってラブソングか。なんでちょこちょことおかしなこと言っちゃうんだと耳の先あたりが熱くなった。しかし菜々美はそこを気にした様子はなく、玉子丼のグリーンピースを箸《はし》でつまみながら尋ねる。

「水澄ってさ。バイト先で料理してるの？」

「たまに。包丁使うのは無理だけどオムレツつくれるようになった。塩とバターだけのやつ」

「すご。シェフみたい」

「……そんなんじゃないけど、先輩がさ。昔ホテルで働いてて覚えたんだって」

「へー」

「なんか何やってもうまくて。すごい友達多いし」

流を褒めたのが自分でもちょっと癪《しゃく》だった。ので、統一郎と店長にも言及しておく。

「もう一人の先輩は大学国立ですげー頭いいし。店長はなんか……フラフラしてる」

「キャラ濃！　朝ご飯の店だっけ」

「うん」

「どんなご飯？」

「ほんとにいろいろ。朝の五時と八時でもメニュー違ったりする」

「あー、気まぐれレストランだ」

「そう。ひどいとメニューの『気まぐれサラダ』の横に『本当に気まぐれなのでご了承ください』とか書いてある」

ちなみにサラダと銘《めい》打っておきながら、在庫の都合で勝手に煮びたしやナムルに差しかわることもあるので、しばしば気まぐれの域すら飛び越えている。

「いいな。やっぱバイト、楽しいんだね」

お冷《ひ》やをごくごくと飲んではーと満足気に息をついてから、菜々美がふと言った。

「え?」

「すごい楽しそうにしゃべってる」

「……そうかな」

はしゃいだ自覚はなかったので不意をつかれたような気がした。

「そういえば水澄ってなんで水泳やめたの」

照れともなんともいえない気分でいると、菜々美はさらなる不意をついてくる。それ普通聞くか? と一瞬思ったのが、今回もやっぱり顔に出ていたらしい。菜々美もしまったという顔になる。

「……ごめん。水泳も楽しそうにやってたのにって思って」

「菜々美さ」

「うん」

「……いやなんでもない」

口から出かけたのは「そういうとこだよたぶん」という言葉だった。何が「そういうとこ」なのかといえば学校でビミョーに友達がいない理由、なのだが友達が少ないのは限りなくお互い様だし相手を傷つけても仕方ないので言うのはやめておいた。それに、この話題がそこまで嫌かといわれれば普段はそうでもないのだ。……ただ今日は、場所が悪い。

「だってすごい頑張ってたし泳ぐの速くてかっこよかった」

そういうとこだぞ、とさらに思う。菜々美は小学生の時からそうだった。普段不愛想な割にぽろっと嘘《うそ》のない感じで人を褒めたり、正しい事実を指摘したりする。暑いとかウザいとか些細《ささい》な愚痴《ぐち》はこぼさない代わりに割と本質をつくその妙なまっすぐさは、敵を作るとまではいかずともちょっとしたトラブルの火種になることが時たまあった。

「俺の兄貴のこと知ってんだっけ」

「……うん。山口《やまぐち》選手」

そう。来年のオリンピック代表入りを有望視されている『世界のヤマグチ』こと山口水《みず》樹《き》はほかならぬ水澄の兄だった。全日本の一五〇〇メートルで何度も入賞し、大学を卒業したあとは恩師の勧めでオープンウォータースイミング……野外水泳に転向した。普段は東京のクラブで練習に明け暮れ、この連休は沖縄での全国合同練習に参加しているはずだ。O　W　S《オープンウオータースイミング》は練習環境のよくない日本ではそれほど定着していないが、ここ数回は五輪競技になったこともあってじわじわと選手層は厚くなっている。

「まあ兄貴みたいにはなれないよなと思って」

「……そっか」

それが自分の正直な気持ちなのかは、口に出してなお、よくわからなかった。泳力は決して低くなく、一番調子がよかった時は特別強化枠の選手に迫るようなタイムも出せた。でもそこからはさっぱりと伸びない。高校で伸びる選手もいるから、と慰留《いりゅう》も受けたが、中三の夏が終わった時、ストンと一回、やる気が底をうった感覚が確かにあった。歳《とし》が離れているとはいえ出来のいい兄がいて、比べられるのは日常茶飯事《さはんじ》だったし「山口の弟なのに大したことない」と失望されれば悔しかった。それでも十年続けられたのだから、泳ぐのは確かに好きなはずだ。なのにやめる時も迷わなかったし、今も特に泳ぎたいとは思っていない。親が引っ越しを検討し始めると同時にすんなりと、勉強に打ちこめた。

これらのぐるぐるとした気持ちをうまく表す方法がわからない。

菜々美がすっかり黙ってしまったので、それでもどうにか言葉を継ぐ。

「ごめん、そんなあんまり、気にしてるとか、ないから」

兄は毎年片瀬の東海岸で行われるOWS大会の表彰台の常連で、今や五輪ムードに沸く江の島のヒーローだ。だからここに来るのはあまり気乗りがしなかった。でも『世界のヤマグチ』と書かれた垂れ幕を見てもそれほどイラッとはこなかったし、今日は普通に楽しかった。そう伝えればいいのに、うまくいかない。たぶん自分は人よりずっと、持ってる言葉みたいなものが少ないんだと思う。泳ぎすぎて水の中にいろいろと落としてきたんじゃないかと思うくらいに。

「……あのさ、水澄」

しばらく黙ってから、菜々美が切り出した。

「うん」

「猫見る？」

「…………さっき見たよ」

「写真。隣の家の猫を毎日一枚撮ってるの」

「…………マメだな」

菜々美はぎこちなくスマホを手に取った。にんまり笑ったような顔で前足をそろえている猫の写真がピコンと送られてくる。

「……かわいい」

思ったまま口にすると、菜々美が「だよね」とほっとしたように笑った。

「まあバイト先で世話してる犬ほどじゃないけど」

「さては犬派だな」

「悪いかよ」

「悪くないよ、犬のお尻ってかわいいからね。大体いつも幸せそうで」

「…………わかる」

いつものようにぶつ切り感のある会話ができたので、水澄もほっとした。ラインを閉じてアルバムアプリを起動する。ケリーの写真が何枚か入っているが、太った犬のわりに機敏なのでちゃんとピントの合ったものはほとんどない。ふりふりと幸せそうに泳いでいる後ろ姿か、激しく水を散らしていて完全に水しか写っていないような写真ばかりが出てくる。

「ライフジャケット着てる。お店の犬？」

「お客さんが連れてくる犬」

ようやくちゃんと撮れたものが出てきた。店先で洗われてタオルにくるまれている。

「海で泳ぐのが好きすぎて待てなくて、飼い主が飯食ってる間、店の外でずっと切なそうにこっち見てたりする」

「…………かわいい」

「だから暇な時は俺が散歩に連れてく」

「今度見に行っていい？」

「うん……でも猫派なんだろ」

「でも水澄は犬派なのに今日来たじゃん」

確かに。と思いつつ写真をスクロールすると、今度は佐田の写真が出てきた。腰に手を当て自信たっぷりに親指をたてたポーズに、直接知らない時代ではあるが平成初期や昭和の香りを感じる。

「あ、陸《おか》サーファー」

「……なんで陸ってわかんの？」

「勘」

初めて見る人間にも見抜かれるほどぬぐいがたい陸サーファー感ってなんなのだろう。いっそ真剣に考えつつ、水澄は写真をスクロールした。

それから、周辺をブラブラと散策して小さな祠《ほこら》がある公園でまた猫を見た。観音《かんのん》開きの祭壇の真ん中で我こそがご神体だといわんばかりに微動だにしない黒猫がいたので「本当に神様かもしれない」と二人で手を合わせておいた。護岸の遊歩道には市民の健康のためなのかなんなのか、唐突にけっこうな長さでデコボコした足つぼタイルが現れる。菜々美は数歩歩くだけで「無理」と飛びのいたが水澄はまったくもって痛くなくスイスイと歩けたので何か信じられないものを見たというような目を向けられた。帰りの弁天橋では材木座海岸とはまた違い、遮《さえぎ》るものの少ない一回り大きな富士山が見えた。空が燃えているように夕日が赤くて、山のシルエットだけが墨《すみ》でも流し込んだように黒々とそびえている。人の流れの中で思わずほんの一時、足を止めて息をのんだ。

「俺さ、江の島来たの今日が初めてなんだ」

感動のあまりうっかりそう告白したが、菜々美の反応は、

「おー、やったね」

というよくわからないものだった。

翌朝は連休最終日ということもあって店長が珍しくきちんと接客をしていた。

「お出かけどうだった?」と期待に目を輝かせて尋ねられたので軽く顚末《てんまつ》を伝えると「いやあいいねえ、若いねえ」と気色悪いほどの笑顔で祝福された。

流は「彼女ができるぞよかったな、ちっ」と舌打ちしつつ激しくフライパンを振ってまかないのチャーハンをつくっていた。よかったなと言われてもいいのかどうかわからなかったが、しかし「……違うから」とは返しつつも、何とはなしに心がソワソワした。

そんなこんなで長い長いゴールデンウィークは終わったが、水澄の高校はほとんど間を置かずテスト期間に入った。菜々美とはその後もちょこちょこと校内でテンションの低い

会話を交わしたり、野良猫の写真とケリーの写真を交換したりした。六月のどこかで「そのひぐらし」に遊びに行くね、という約束をして、しばらくがたつ。

「なんか最近水澄機嫌よくねぇ？」

流にそう言われたのは、梅雨《つゆ》入りもまもなくかという時期だった。先月の会議で決めた通り、放課後に料理を習っている。今日は統一郎も来ていて、盛り付けのコツを教えてくれた。おひたしやあえ物をこんもりと山型に盛る方法、香草を料理のてっぺんに少量だけちょんとのせて見た目と香りでアクセントを加える『天盛り』の適量。

「……そんなことないと思う」

「そんなことないと思ってる顔じゃないんだよな、すでにその顔が」

「……」

自分は何かよほどはしゃいだ顔をしていたのだろうか。確かにテストは終わったし、入学後初の定期テストをぶつぶつ言いつつ一緒に頑張った関係で、クラスのメシ友とも少し距離が縮まった気がする。菜々美は相変わらずグループでの身の置き所に苦労しているようだが、不愛想キャラが少し定着したのかそれなりにやりやすくはなったようだ。

「『菜々美ちゃん』だろどーせ。一回連れてこいよ。どんな子か見てやる」

「流ー。ダメだよそんな、人様の彼女をジャッジしたら」

ソファ席で昼寝をしていた店長がたしなめる。

「だって気になりません？　このボンヤリの初彼女ですよ」

「だからってそんな意地悪なことしないの。流んとこの亜矢美《あやみ》ちゃんが彼氏の先輩に同じようなことされてたら嫌でしょ」

「嫌とか以前にその彼氏のほうを泣かすに決まってるじゃないスか」

「うわ、お兄ちゃん怖い」

「…………だから、別に、彼女じゃないんだけど」

ムスッとしてつぶやくが、二人は聞く耳を持たない。流の八歳の妹に彼氏ができたらどうするかのありもしない妄想と、その日が来た時のための方策を話し合い始めた。

それをいつものように統一郎がたまに微笑みながら見つめている。それがこの店のいつもの光景。

の、はずだった。

「この流れで言いだしにくいんだけどさ」

盛り付けの練習に使ったラタトゥイユを保存ケースにしまいながら、何でもないことのように統一郎が言う。

「失恋しちゃった俺」

「へー…………………え？」

さらりと出てきた『失恋』という言葉に、統一郎以外の三人が固まる。ほんの一瞬ではあったが、冗談か本気か摑みあぐねたような怪訝《けげん》な間があく。しかし彼はこの手の冗談を言うタイプではない。

「失恋」

水澄と流は顔を見合わせる、そして流が聞き返した。

「………マジ？」

「マジ。一応初恋だったんだけど」

統一郎がめったに使わない『マジ』という言葉を使うのが、かえって信ぴょう性があった。

「誰に？」

聞いていいものか考える前に、水澄は尋ねていた。

統一郎がエプロンを外して、口を開く。

「……ごめん。それは内緒」

第二章

統一郎

2019 5

KAMAKURA BOYS

Sonohigurashi

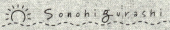

「統一郎《とういちろう》はたぶんさあ。望まなくても何でも手に入っちゃうんだろうな」

友達にごく軽い口調でそう言われたのは、一年ほど前のことだった。大学に入学してほんの数カ月。卒業後の進路の話をしていた時だったと思う。父親にならって地方公務員の上級職で考えてるよと、何気なく言っただけだった。とりたてて悪意や嫉妬《しっと》を感じたわけじゃなくさらっとその場で会話は流れたが、心で何かが引っ掛かり続け、少し考えてようやくその正体に気づいた。

「望めばなんでも手に入る」じゃなく、「望まなくても」と言われてしまった。文字に起こせば些細《ささい》な違いだが、いくらなんでもさすがにマズい。自分はどれだけ苦労知らずに見えているのだろう。焦りや自己嫌悪よりはささやかだが、じんわりとした「このままではよろしくない」という感情が確かに芽生えた。

ちょうどその頃、近所に住んでいる犬好きの夫妻から散歩コースである材木座《ざいもくざ》海岸に朝食レストランができたと聞き、フラリと立ち寄ってみてすぐにバイトを始めた。ほんの一息で海までたどりつく立地が気に入ったし、もともとかなりの朝型だ、暗いうちから起きて働く生活にもすんなり馴染《なじ》んだ。

去年にはシェフの退職などもあってしっちゃかめっちゃかだった店もどうにか落ち着き、最近は後輩バイトもできた。今は冷や汁を簡単にアレンジした冷製スープのつくり方を教えている。

「で、豆腐を賽《さい》の目《め》切りにして……そうそう。あとは味噌《みそ》とすりごまをまぜて」

「へー……こんな料理があるんだ」

「宮崎の郷土料理なんだよ。冷製だけど温かいご飯にもよく合うんだ」

新人バイトの水澄《みすみ》が入ったのは四月のはじめだった。高校の入学式の数日前に初出勤して店長にも流《りゅう》にも客にも「若い」だの「入学おめでとう」だのよくいじられ「……えっと、はい」と答えに詰まっていて、そのあまりに世慣れしていない様子に少し心配にもなったものだが、かれこれ二カ月真面目に働いていた。

きっちりした子だなあと思うし、水泳選手だと聞いた時は納得した。感情の見えにくいすっきりとした顔立ちで「兄」とはあまり似ていない。しかし真剣な時には食い入るように見てくる感じが、ああきっときれいなフォームでがむしゃらに泳ぐんだろうなと思わせた。選手になれるほどではなかったけれど自分も水泳をやっていたのでわかる。

「で、青じそをこのくらい散らして……これで完成」

「……わかった」

もともとボンヤリしつつも言われたことはきっちりやるタイプだったが、最近ことに熱心に仕事を教わっているし、上達も早い。五月の頭くらいからいい仲だというクラスメイトの女子に、もしかしたらいいところを見せたいのかもしれない。

「『菜々美《ななみ》ちゃん』いつ来るんだっけ？　五月に遊んでだいぶ経《た》つよね」

「……まだ何も決めてない」

「なんで。さっさと連れてきて犬でも散歩させりゃいいじゃん、二人でさ。小さいものを間に挟むと男女の仲って進展するらしいぞ」

コンロでカレーなべをゆったりとかき混ぜていた流が、謎の恋愛ウンチクを披露した。

「でも菜々美は猫派だから」

「いやそういうことを言ってんじゃねえよ……あー、こりゃダメだな。まだ味がクドい」

「流なんでカレーつくってんの？」

「ホテルみたいな朝カレーやりたいんだけど、どうも食べやすいすっきりした味になんないんだよな。油分控えめでキノコとほうれん草だけならどうにかなるかと思ったんだけど」

朝ラーメンは諦《あきら》めて朝カレーに挑戦しているらしい。煮汁やだし汁やスープの残りが出るたびにあれこれと試しているが、なかなか朝から食べやすい味となると難しいようだ。

「ゴボウか何か入れてみよっかなー皮の部分はきんぴらに使って和食のオマケで出して」

「意外と凝《こ》り性」

「意外とってなんだよ、お前バカにしてんだろ。食わせねーぞ」

「……」

「そこで食べたいんだけどって顔をするなよ」

どうでもいいことで言い争っている水澄と流の様子に苦笑しつつ、一口味見してみた。サラダに使ったホタテ缶の残りを入れたらしく、細かく刻まれた野菜と厚切りのシイタケやエリンギに交じって、ところどころに貝柱らしきものが浮いている。いかにもまかない飯という感じのこっくりした味わいがあり、辛さの中にキノコとほうれん草のしっかりとした甘みを感じた。

「美味《おい》しい。これなら店長のチェック通るんじゃない？」

「そっかなー。あの人いい加減なくせして料理には厳しいからな、もう少し改良しねーと」

その様子を見ていた水澄がぽろりと声を漏《も》らした。

「なんかすごい」

「？」

「二人で店つくってる感じがする」

「店長がアレなんだから仕方ないだろ……あ、そうだ統一郎、明後日俺、小学校の前で旗振り当番やんなきゃいけないの忘れてた。シフト入れたりする？」

「いいよ。八時までならいられると思う」

「悪いな」

「いや特には予定ないから……でもまた店長に『恋愛くらいしろ』って言われそうだな」

現在、絶賛放浪中の店長を思い出して笑う。

「統一郎はすりゃいいのに。こないだ大学の子来てたじゃん。あゆ葉《は》ちゃんだっけ。かわいかったな」

「なんで名前まで聞いてんの……別に観光のついでだと思うけど」

「観光のついでで朝っぱらから鎌倉《かまくら》のはずれまでねえ……な、結局さ。統一郎ってどういう子が好きなわけ？　店長じゃないけどちょっと気になる」

身もふたもなく直球でそんな風に尋《たず》ねられた。クラスで一番スポーツのできる悪ガキがそのまま成長したような顔、性格そのままにストレートな色をしている目が好奇心でちょっと輝いている。

「好きになった人がタイプかな」

「……統一郎らしい」

無難に答えると、片付けを終えて高校の課題を始めようとしていた水澄が顔を上げてつぶやいた。

確かに自分らしいとは思う。だけどこれって考えようによっては怖い理屈だ。誰も好きになんかなったことがないくせに『好きになった人がタイプ』って、永遠に何も起こらない気がしてくる。

「でも無茶苦茶モテそうじゃんよ。背高いし」

実際は一七六センチなのですごく大きいというわけでもないが、ギリギリ一七〇ある程度の流にしてみたら大きな差らしい。

「流には前、言わなかったっけ。高校の頃一人彼女いたけど。すぐに別れたよ」

「……なんで？」

水澄に尋ねられ、言葉に詰まる。なんでと言われると非常に難しかった。中学の友達から紹介された他校生で、書店で一緒に参考書を選んで映画を観て、平塚《ひらつか》の夏祭りに行った。それなりに付き合って、それなり以上のものにはならないとお互いに思ったから別れた……などと言ったらあまりにも薄情だろうか。しかしあえて説明しろと言われたらそれが一番近い気がする。お互い受験生になって、二人で頑張ろうというムードにはならなかったので、それきりだった。

「そこまでは盛り上がらなくてさ」

「盛り上がらなくても楽しいってこと、なかったの？」

水澄がぼそっと問う。いきなり本質というか、微妙に痛いところをつく。

「……そうならよかったんだけどね」

苦笑気味にそう答えるしかなかった。楽しいばかりが恋愛とは限らないが、あれは確実に恋愛とは呼べないだろうなと思う。悪いものでもいいものでもない、ただの思い出だ。


日によってまちまちだが、統一郎はだいたい開店三十分後の五時頃には出勤している。仕込みと清掃、それに最初の客をさばくのは上階に住んでいる店長の仕事だ。混んでいなければ彼はそのまま軽く申し送りをして二階の住居に引っ込むか、車を出して腰越《こしごえ》や片瀬《かたせ》の漁港に出かけていく。時にはフラリと三崎《みさき》に買い付けに行くこともある。

ちなみに店長は今日も留守だった。呉《くれ》と博多《はかた》を周遊しておにぎりに合う魚醤《ぎよしよう》を見つけたいと、五日の予定で旅に出ている。おしゃれじゃない店にはしたくないと言いつつおにぎりという素朴《そぼく》の極みみたいな飯にも興味はあるようだ。

「……えーっと」

不在時の連絡帳こと『店長の秘密ノート』をぱらぱらとめくる。住宅地での超早朝営業ということで騒音など気を使うこともそれなりにあり、ちょっとしたルールやトラブルの対処法が書かれている。後ろのほうのページに付箋《ふせん》が貼ってあった。「壁のほうチェックよろしくね」というメッセージを読んで、すでに掲示板と化している壁をチェックする。

相変わらず近所の公民館の歌会案内から「浜辺でヨガ」のお誘いまで雑多な紙片が貼ってあった。

「そのフライヤー、はがしちゃうの？」

そう声をかけてきたのは、常連客の園田美咲《そのだみさき》だった。近所のデザイン事務所でデザイナーとして勤務している二十七歳の女性で、週に二度ほど必ず訪れる。

店長が目指したオシャレ路線の名残としてカウンターに写真集やアート雑誌を置いているので、彼女はいつも端のほうに座る。

「そうですね。もうイベントも終わったので」

「もったいないな。すごくいいデザインなのに。もらってもいい？」

どうぞ、と差し出すと、しげしげと眺めている。

流の友達が企画した小さな野外音楽イベントのもので、海と大仏とシーキャンドルが版画のようなタッチで思い切り崩して描いてある。

「気になりますか、こういうの」

「うん。私もこの間似たようなの作ったんだけど、こういうお決まりのモチーフを思いっきりポップにするのって楽しいよね。これすごくうまいと思う」

美咲の事務所では、鎌倉のタウン誌や、そこに掲載されている飲食店のメニュー、音楽スタジオのチラシなどを主に手掛けているらしい。材木座海岸周辺には、地元民以外は使わないような細い路地が何本とあり、家の隙間《すきま》にもぐるように入っていくと、隠れ家のようにセレクトショップや小さなオフィスビルが現れる。美咲の事務所が入っているのはシンプルかつ先鋭的な意匠の建物で、新旧が混在する町内の「新」の部分の最たるものだった。

「あー」

美咲は大きく伸びをしてこめかみを押さえた。手元にはノートパソコンが広げられている。朝の四時半はまぎれもなく早朝だが、寝ずに仕事していた人間にとっては長い夜がようやく終わりかけるような時間である。

「お疲れですか」

「疲れてるねえ、最近は大体いつでも疲れてるねえ。なんで仕事ってやってもやっても終わらないんだろう」

小さな事務所なので、デザインだけでなく企画、営業、外注ライターとの交渉など仕事が多いらしい。一度依頼したコピーライターが「飛んだ」時などは、「助けて！　今日の正午までなの！」と頼み込まれ、店長と三人で朝の五時から必死に宣伝文を考えた。

八つ年上でいつも忙しそうにしているが、疲れれば疲れたと言い、美味しければ美味しいと言い、ケラケラとよく笑う女性なので、大学の女子と話すのと同じ感覚で気安く話すことができた。細面《ほそおもて》に涼し気な一重瞼《ひとえまぶた》が印象的な顔立ちで、額を出した髪型がよく似合う。いつもノースリーブのシャツや薄手のカットソーなどのシンプルな服を着ていて、アクセサリーだけは革だったり大きめの石がついていたり、主張のある感じだ。

「十分くらい仮眠取ろうかなぁ……ねえ、もうこの店、居眠り専用店にしない？　かまくらみたいなの置いて」

「ああ、簡易防音室ですか」

「そうそう。読書用カフェとかゲーム用カフェとかいろいろあるんでしょ？　居眠りレストランっていいと思わない？」

「斬新《ざんしん》なアイディアですね」

けど全員に寝られたら回転率が下がって店がつぶれるような気がする。というか、そんなに寝たいなら帰ればいいのに。

「なんでだろうね。まっすぐ帰っちゃえばいいのに気づくと来てるんだよね。帰ったらバタッと寝るだけだから嫌なのかな」

ふっと、考えを読んだように美咲が言った。そしてその湿り気を含んだ響きを恥じるように頭を振る。

「あ、いいこと考えた！　お坊さんを置こう。愚痴《ぐち》を何でも聞いてくれる美坊主。せっかく鎌倉なんだから」

「……今度お寺の人が来たら聞いてみます」

「いやごめん、本気にしないで……そうだここの壁に穴をあけたら？　王様の耳はロバの耳みたいに文句が言えるようにしよう」

「店長が怒ります……美咲さんそんなに愚痴が溜まってるんですか」

「ある。ありすぎる。毎日が愚痴でできている」

「俺、聞きます？」

普段は流してしまう類《たぐい》の話だが、なぜかそう口にしていた。

美咲のことだから愚痴といってもそこまで深刻なトーンのものではないだろう、と無意識にでも思ったのかもしれない。

「あ、やだごめんちょっと言いすぎちゃった。別に大丈夫だよ、ありがとね」

ますます恥ずかしそうに、パタパタと手を振ると、美咲は仕事を再開した。

そこであ、と気づく。働く女性の心理はよくはわからないけど、おそらく今のはちょっとした大人の冗談……ごく他愛もない世間話だったのだろう。そうだよな、と思った。ドラマやマンガじゃあるまいし、店員相手に愚痴り倒す人間なんてそうそういるはずがない。

こういう時、まだ自分は世間知らずだなと感じてしまう。


「じゃ、予定はこんな感じで。代金はあらかじめ私のとこ持ってきてね」

「あーい」

その日は大学のカフェテラスで、夏のゼミ旅行の計画を立てていた。宮城に二泊して観光がてらあちこちの街を歩き、地方創生や震災からの復興について学んでくる予定だった。

「楽しみー、オレ仙台《せんだい》って久しぶり。何年か前に家族と行って以来だ」

「あ、原田《はらだ》くん行ったことあるんだ。あっち詳しいならナビやってくれる？」

「いや全然詳しくない。ていうか家族旅行とゼミ旅行は違うからね。いろんな意味で」

「何それ。下心ありげじゃない？　何かする気？」

「何もしねぇって、心外だな、いやわかんないけどさ」

実際には「何もしない」とわかっているからこその笑いが起きた。官民どちらの就職にも強い中堅大学の法律経済学科だ。ガチガチの法曹《ほうそう》志望でもなく遊ぶために学生をやっているタイプでもない、真面目だがほどよく柔軟な同級生が多く統一郎にとっても居心地がよかった。大学にしろ学部にしろもっと上を狙ってはどうかと勧められることも多かったが、今のところ特に不満はない。

「このあとヒマ？　岸《きし》先輩が『海鮮いそや』行かないかだって。たまには統一郎も来ない？」

「ごめん。明日用事があるからやめとく」

海辺育ちでそれなりに泳げるのでライフセービングの資格を持っており、明日は今期のための講習の予定があった。

「統一郎ってさー、なんでいっつも夜来ないの？　お酒も絶対に飲まないし」

「一応まだ十九だから。朝バイトもしてるし……明日は同好会の用事があるんだ」

「わかってないな、統一郎は不祥事はマズいんだよ、王子だから」

「いや、王子って……」

一部でそういう仇名《あだな》で呼ばれていることは知っているが、面と向かって言われるとさすがに反応に困る。

「家、鎌倉の豪邸なんだろ？　いいよなぁ。俺のアパートと交換してほしい」

「何言ってんの、王子は朝の五時からバイトしないよ」

そう言ったのは店に遊びに来たこともある藤木《ふじき》あゆ葉だった。

ふんわりしたいかにも女子大生らしい見た目とは裏腹に『何でもいいから絶景が見たい』という理由で突然夜行バスで出かけたり、女子アイドルのライブの翌日にプロレスを観戦したりと、やたらフットワークが軽い。社交性の塊《かたまり》のような性格をしていて周囲の面々とはSNSのフォロワー数がケタ一つ違っていた。流が「かわいい」と評していたが、確かにタイプ的にこの二人はよく似ていると思う。

「あ、アユちゃん鎌倉のレストラン行ったことあるんだっけ。二人けっこう仲いいよね。遊んだりしてるの？」

「あー無理無理、統一郎と私は生活サイクルが合わない、この朝型を極めた男にはついていけない」

顔に似合わずガサツな調子であゆ葉が言うと、そこでまた「極めたって何」と笑いが起きた。あゆ葉当人も歯を見せてニコニコと笑いながらちらりと統一郎を見る。しかし目が合うとなぜかパッとそらされた。なぜだろうか、別に失言というわけでもないだろうに、「しまった」とでもいうような表情をしているように見えた。

翌日は休日だったので、バイトが三人とも店に立った。

今日の和朝食は照り焼きチキンがごってりと入ったおにぎりに枝豆入りの豆腐ハンバーグ、コーンとキノコのあっさりとした和風炒《いた》め、それから味噌汁にプチサラダだった。

休日は地元の会社員やご隠居より、写真映えを重視する若い旅行者や体力を使うサーファーの客が多いため、少しコッテリしたものにすることが多い。外側にしっかりと具が見えたおにぎりは見た目からして食欲をそそる。洋食でサンドイッチを出す際も、しっとり系ではなくパリパリ系で、野菜の食感と切った時の見た目を重視していた。

「洋食お待たせしました」

今日の洋食は、サケとジャガイモがはみ出さんばかりにごろごろと入ったクリームスープだった。この店の経営は、価格の安定した食材をどれだけ朝食向けにうまくアレンジできるかにかかっていて、サケとジャガイモはその点では定番の食材だった。もとより開店が非常に早いため「朝一番の水揚げ」には間に合わない。逆にいえば、新鮮さや地元の色ばかりを売りにする必要はなく、安いものをアレンジして遠慮なく出せるわけだ。その点ではうまくできた商売だなと思う。

午前八時から午後の二時まではかなり忙しく動き回り、客あしが途絶えたところでゆるゆると閉店の準備に入る。

「お、すげえ。これは店長から混雑手当てが出るな」

タブレットで管理されている売り上げをついついと指でスクロールして、流が軽くこぶしを握る。水澄が感心したようにつぶやいた。

「儲《もう》け、出てるんだ。すごい」

「出なくてどうすんだ。ビミョーに失礼だなお前」

「……ごめん」

「まあ朝食メインで店が回るのは不思議ではあるよね。人件費も三人分かかってるし」

とフォローを入れておくと、怒られて肩をすくめていた水澄はホッとした顔になった。

「そもそもさ」

「ん？」

「なんでここって朝食レストランになったの？」

「ああそっか。お前は知らないんだっけ」

「苦肉の策だったんだよ。最初はね」

店長の学生時代の友人だというシェフは気のいい男だったが、体調を理由にあっさりと現場を退いた。店長が「朝営業は外したくない」とこだわったため、観光ホテルで朝食ブッフェの調理を手伝っていた流と朝型の統一郎に合わせる形であえて「雑多なメニューでの朝食限定」を打ち出したところ、これが意外と軌道に乗った。

「このあたり、出勤前にちょっと軽く座って食べていけるような店がほとんどないから。朝の散歩する人やゲストハウスの素泊まりのお客さんも来るし」

「店長とか井戸屋敷のばあちゃんに聞いたら全部教えてくれるよ。この店の迷走と再生の歴史を」

井戸屋敷のばあちゃんというのはこの店の常連客だ。築百年近い近所の平屋を手入れして住み続けており、そこの土間に今でも水が出る特に立派な石造りの角井戸があることからこの名前で呼ばれていた。

「この間の話なんだけどさ」

カウンターを丁寧に拭《ふ》き上げながら、水澄が言う。

「彼女がいたとして……いや彼女に限らずなんだけど……話が盛り上がらないとうまくいかないもんなのかな」

「どうだろう……」

「つかどうした、急に」

統一郎は流と顔を見合わせて、あいまいに首をかしげる。

『菜々美ちゃん』は水澄と同じで口数が多くないと聞いているが、だからこそうまくいってるのかと思っていた。実際は違うのだろうか。そういえば最近はあまり話題にも出さなくなった気がする。

「最近菜々美からの連絡が減った……かもしれない」

「いや、かもしれないって何だよ。それは普通にわかるもんだろ」

「減ってはないんだけど……なんていうか、ちょっと素っ気ない？　っていうか」

水澄はぼそりと言うが、それをどう思っているか、というのがいまいち見えてこなかった。

気にしているなら慰めたいし改善策を聞かれれば力になりたいが、水澄はこういう時、それほどうまくは助けを求めない。菜々美ちゃんが好きなんだろ？　と聞けば否定されるし、好きじゃないなら気にすることないじゃないか、と言えば「……そうだけど」と言ってただ、黙りこくってそれで終わりになるような気がした。

「お前がモタモタしてっからじゃなくて？　押しが足りないんだよ、たぶん」

「……押すってどうやって？」

「……それは、……まあ……ラインで？」

「そのラインで話しかけても反応が鈍い」

「実はなんかしたんじゃねえの」

「何もしてないと思う」

「性格合ってないとか」

「それってどうやったらわかるのかな」

「知らね。言いだしといてなんだけど、誰かと性格が合わないいって感覚がそもそもわからん」

「……嘘《うそ》だろ」

流の言葉に、水澄は愕然《がくぜん》といってもいいような顔つきになった。つくづく対照的な二人だなと思いながら、統一郎はそういえば、とささやかに記憶を掘り起こす。

「合う合わないって、一口には言えないからね」

「統一郎なんか実感こもってねぇ？」

「うん。高校の頃、彼女と小説買いに行ったの思い出した」

「小説」

「そう。俺って小説を選ぶ時基本的に『ア』行の棚しか見ないんだけど」

「何それ」

「もう大体アイウエオまで見たら一冊くらいは欲しい本があるから、その先はあんまり見ない」

特にアイウエオの作家ばかりが好きなわけじゃない。ただ何となく、それだけでこと足りるような気がしているというだけだ。

「えー……それってつまり、カキクケコ以降の本は最初から視界に入れないってことか？」

「なんかその切り捨て方が怖い」

「そう？　でも面白い小説って話題になるしちゃんと誰かが薦《すす》めてくれるものだから、そしたら読むよ。それで特には不便ないかな」

「すげーな超合理的、いろいろ超越してるわ」

流は目を丸くするが、統一郎にとってはそこまでおかしな話でもない。膨大すぎるものをいちいち全部相手にせず決められた中から選ぶほうが「それなりの答え」を探すには手っ取り早かったりする。テスト勉強の範囲だって受験で狙う大学だって、新しいスマホを選ぶ時だってそうだ。「大体このあたりまででいいかな」と思ったあたりにとどめておくと失敗しない。傲慢《ごうまん》がなせる業《わざ》というわけでもなく、ただ、無難で確実なのがとことん性に合っているというだけだ。

「そしたら『なんかそれ、私もそうやって選ばれたみたいでいやだな』って言われて」

「………そりゃ、また」

流がなんともいえない顔になる。ただ彼女の言ったことは図星ではあった。

適度な距離にあった適度な数の選択肢から選んで、適度にしっかりした子と付き合って、適度な距離のまま別れた。互いが大切で仕方なくて、夜じゅうラインで語らうような恋に憧《あこが》れなかったわけじゃない。しかしそのスイッチが何をどうしたら入るのか、皆目見当もつかなかった。

「まあそういう感じで別れちゃったんだけどさ。大学のうちに一人くらいは彼女が欲しい気がするよ」

「いいのかよたった一人で」

「流、普通は一人だと思うんだけどな」

流と統一郎が話している間も、水澄は何かじっと考え込んでいた。水泳一筋で生きて引退して、今は学校とバイト先を生真面目に往復している。淡々《たんたん》としているようでその実、いろいろと考えるタイプなのかもしれない。

「統一郎はこうさ、思いっきり『ねーわ』ってとこから女探して付き合ったらいいと思う」

「……例えば？」

「具体的にはわかんねーけど。でもたぶん、同じ学校の子とか絶対手出さないタイプだろ？　だったら逆にぐっと遠くからいったほうがよくないかと思って」

「うーん」

プリントアウトされた売上表を帳簿に貼り付けながら、ぐっと遠くからって一体どのあたりなんだろう、と思わず考える。

高校のクラスメイトという「ぐっと近い」距離であれこれしている水澄も、似たようなことに思いを巡らせているのか、作業をしながらちょっと難しい顔をしていた。

結局菜々美ちゃんとはどうするのかな、と少し気になったが、何ら効果的な助言ができる自信もなく、結局は深入りしなかった。


思いっきりねーわ、というような恋をしたかもしれないことに気づいたのは、そのわずか数日後だった。

『ドラマやマンガじゃあるまいし、店員相手に愚痴り倒す人間なんてそうそういるはずがない』

そんな気づきを得たのはほんの数日前だったと思うが、いないわけではなく、身近にいた。

しかもまさかの、園田美咲当人だった。

彼女が「いい感じ」で気持ちよさそうに「おはようございます～」と店にやってきたのは、早朝四時半だった。もちろんこの場合の「いい感じ」は活力にあふれているだとかそういう意味ではない。

「信じられるぅー？　全とっかえ。今になって白紙。あのコンペはなんだったの？　おかしすぎて飲みすぎて酔いすぎちゃったんですけど」

本人も言う通りあきらかに酔っていた。飲み会の類にほとんど出ないのでよくはわからないが、まあなんというかそれなりの量をお飲みになられたことは間違いない。

「あのね、今までにないタウン誌を作りましょうって話だったわけ。ただ決まったレイアウトにお店の情報並べただけじゃない新しいものを作りたいって。だから大人の絵本って感じのストーリー仕立てにしたいよねって話して、ライターとイラストレーター探して、お話の筋まで考えて、それでコンペ取ったのに」

美咲の口からは打ち寄せる波のように終わりなくどこまでも、愚痴が出てくる。

「けどやっぱり普通のガイド本みたいな誌面にするからって言われたわけ。人気店と新店を中心に写真をただバーンと載せて食欲をそそる方向で行きます、やっぱり断りきれないので大手にお願いしますって言われたわけ。コンセプトからの完全白紙。もう信じられない！　絶対描いてほしいイラストレーターさんに頭下げて交渉して、物語もラフもあがってOKでてたのに」

頑張ってきた仕事が何もかもパーになった。要約すればそういうことらしかった。

いつも「明るく疲れている」といった様子の美咲だったが、酔っても明るいことは明るい。陽性の人間ということで流とあゆ葉が似ていると以前思ったが、あゆ葉と美咲もまったく関わりはないものの似ている気がした。

「ああもう！　統一郎くん、私の無念がわかる？」

「……はい、あの、大丈夫ですか？」

　幸いというべきか店内にほかの客の姿はないが、やはり一応酒類を提供しない店なので酔っ払いがいるというのは気になった。

「本日の朝イチスープ（といいつつ毎日あるわけではない）」を注文されたので台湾《タイワン》風の豆乳スープを一応出したところ「この刻みザーサイの風味がいい」と小さな具にも気づいていたので、まあへべれけだが理性は一筋残っているのかもしれない。

「大丈夫じゃないよ、うん全然大丈夫じゃないよ酔ってるよ！　けど私そんなにお酒強くないからすぐ寝るタイプだから。だからこそ大丈夫。もう飲まないし」

「……それは本当に大丈夫じゃないですね」

　いや、支離滅裂のようで筋は通っている気もした。酔っ払い対応のスキルが低いのでよくはわからないが、もう新たな酒は入れていないわけだから急性アルコール中毒の心配もなさそうだ。とりあえず話をよく聞いて口答えはしないようにしようと思った。

「どこで飲んできたんですか？」

材木座界隈《かいわい》に、日付が変わったあとにも延々と飲める店などあっただろうか。近隣のカフェもバーも早々に店じまいをしているはずなのに。

「家の前、目の前！　コンビニで買って、滑川《なめりがわ》の河口のやたらと石のある公園で飲んだ！　大切にちびちびと静か～な波音を聞きながら。気がついたら四時過ぎてたから、『そのひぐらし』が開いてるなと思って来てみたの」

まさかの路上だった。

「……ていうかそこ、交番の目の前じゃないですか……」

浜のぴったり真ん中あたり、鶴岡八幡宮《つるがおかはちまんぐう》の参道である若宮大路《わかみやおおじ》を抜けて信号を渡った先の「やたらと石碑のある公園」は確かに、海を眺めてくつろぐにはいい環境だった。右手に由比ヶ浜《ゆいがはま》、左手に材木座、どっちでも好きな方向を向いてノンビリできる。

しかしばっちり国道沿いなので、女性の一人酒は目立ちすぎる。流が公園でスケボーをするとよく警官に怒られるらしいが、今日に限ってお目こぼしとはどういうわけだろう。

「職質されちゃったけど、家はソコなのでちゃんと帰ります！　って言って、歩いてきちゃった。帰れた！」

いや帰れてないしここは家じゃない。と思ったがそこでいつかの会話を思い出す。

『帰ったらバタッと寝るだけだから嫌なのかな』

おそらく美咲は、帰りたくなかったのだろうと思う。目の前に見えているマンションに。

「歩きながら考えたの！　私本気で考えたの！　ねえ、統一郎くん」

カウンター越しに目が合った。酔っ払いの目だ。はっきりいえば澄んでいないし美しいものでもないし、いくら女性でも正直、一抹《いちまつ》の怖さすら覚える。

しかしなぜか、嫌悪感はなかった。明るいけれど必死に見えたからかもしれない。

「私の頑張りが足りなかったのかな？」

ろれつの回らない独り言だった。しかしそれにしては響きが切実で、どうしようもなく悲しそうで、胸の奥で何かがざわりとした。

「……それは」

統一郎はその質問に、答えられない。自分以外の誰かの進退までかかったような仕事なんてしたことがないし……そもそも何かを本気で頑張ったことがないからだ。

「ごめんなさい。わかりません」

高校受験だって大学受験だって、ア行の棚から本を選ぶように無理なく自然に目標を選んで成功させた。学校の勉強はちょっと怖いくらい、よくわかる。フラフラしているが運や商才はありそうな店長がいる店で、それなりに楽しく働いてもいる。学校の先輩は優しいしバイト先の後輩はかわいい。家には公務員の両親がいる。何かを頑張る必要すら、今はない。

「んー……だよねぇ……そうだよねぇ……」

美咲の姿勢が崩れた拍子に、カタンと音がしてカバンが落ちた。持ち主は拾う様子がないのでカウンターを出てみると、大量の書類がこぼれている。紙とペンで仕事をするタイプなのか、尋常ではない量の書き込みが入った付箋《ふせん》が何枚も飛びだしていた。スケジュールシートのようなものは、びっしりと塗りつぶされている。それに「和島《わじま》」という名前の著者の小説。特に読んでみようとも思ったことのない、ワで始まる知らない名前。視界にほとんど入れない本。

「もうやだ。ホント嫌だ。絶対うまくいくから頑張ろうって、思ってたのに」

そのままカクッと頭が倒れた。嘔吐《おうと》でもしたら窒息《ちっそく》するなと思って体の向きを変えてやろうとしたが、それより早く、自分でもぞりと顔を横向ける。

「んー……」

統一郎の心配をどこ吹く風で、すぅ、と小さく寝息を立てている。ごくごく普通の寝顔だった。酒には強くない、すぐ寝るというのは本当らしい。ほとんど化粧も残っていないような目じりに、うっすらと涙らしきものが浮いているのを見て、寝かせてやりたいなと思った。

流が来るまでに、漬物の小鉢《こばち》をつくり置いたりデザートのフルーツをカットしたりと仕事はいくらでもある。どうせ家だってすぐ近所だし、店がにぎやかになったら物音で起きるかもしれないし……と、起こさない言い訳を探すようにしながら、作業に入る。

なんでだか仕事に集中できなくて、ちょっと調子がおかしかった。


結局美咲は七時を過ぎてもすやすやと眠っていて起きなかったので、やってきた流に事情を話して託してから電車で移動し、授業に出た。今日はどうしても外せない講義がある。昼に店長から『美咲ちゃんからラインもらったんだけど、すっげー酔っぱらってたんだって？　謝ってたよ』というラインが届いた。

あ、店長ライン知ってんだ。しかも美咲ちゃんとか呼んでるんだ。いや呼んでるのは知ってたけど。

なぜかはわからない。わからないがそのことに少し「ふーん」と思った。

統一郎の家は、江ノ電和田塚駅《えのでんわだづか》から徒歩で二分もかからないような区画にある。

「そのひぐらし」まではのんびり歩いても二十五分程度、住宅の至近を走る電車として有名な江ノ電の中でも、この付近は特に町へと埋もれたような形になっている。駅の南側にあるのは閑静《かんせい》な住宅街で、若宮大路や由比ガ浜通りのにぎわいもここまでは届かない。設計に凝《こ》ったマンションやアトリエが並び、観光客の少ない平日などは夜八時ともなると静まり返っている。

「最近バイトはどうだい」

その夜、風呂あがりに水が飲みたくてリビングに行くと、両親はテーブルで何かの礼状らしきものをしたためていた。祖父が大切にしていた年代物の振り子時計がカチカチと鳴っている。サイドボードには家族のアルバムや母の料理辞典が整然と収められていた。

「楽しいよ。たまに橋田《はしだ》さんや山本《やまもと》さんが来る」

近所の愛犬家の散歩にちょうどいい距離と時間で営業しているため、常連客の中には統一郎を知る者もちょろちょろといた。あの子が大学入ってバイトまでしている、とみな一様に目を細める。

「そうか。小さい店の経営を知ることは、いろいろな生活を知るうえで大切だからね。学業にさわらない程度に続けるといい」

父は市役所の財政課で予算編成などを担当しており、母は同じ役所の食堂で管理栄養士として働いている。いうなれば職場結婚だ。苦労知らずと言われがちだが両親ともに日々忙しく働いていて、自分も当たり前にそうなるものだと思っている。

父と母は仲睦《むつ》まじく、休日は夜も明けきらないうちから二人して海浜公園に散歩に出ていく。そういう家に育ったためか統一郎も筋金入りの朝型だった。四時や五時に起きるのはまったく苦ではないし、受験期は十時に寝て三時に起きて勉強していた。本当なら家庭教師やイベントスタッフあたりのほうがバイトとしての割はいいのだろうが、やはり早朝に働くというのは肌に合う。

「今度食べに行こうかな。変装して」

「それはやめなさいよあなた、親にやられたら一番イヤじゃないの」

「いいじゃないか。人が食事をつくってる姿っていうのはいいものだよ。まして自分の息子となればなおさらだ。どんなふうに接客してるのか見てみたい」

「……あなた私のこともそう言って口説《くど》いたわよね」

両親は朗らかにそんな話に花を咲かせている。

こういう親らを煙たいと思った時期もなかったわけではないが、なんとなく話したくないのでなんとなく部屋にいる時間を長くとったら、それでなんとなく煙たいとも思わなくなった。今にして思えば、あれは非常にささやかな反抗期だったと思う。

それ以来、家族に苛立《いらだ》つということがほとんどなくなった。こうもいろいろと不満がないのは悪いことなんだろうか？　と最近よく考えるが、しかしそんなことで思い悩むの自体青い証拠でもあると、意識の底で察してしまうくらいの賢さはある。

「もう寝ないと。おやすみなさい」

「おやすみ」

やっぱり自分は何事にも、深入りしないままで終わるのだろうなとボンヤリ思いながら、自室に引っ込んだ。本も服も気に入ったものは長く使うかわり、そうでないものはすぐに手放してしまうので部屋には物がほとんどない。

電気を消すと、ふっと美咲の顔が頭に浮かんだ。「私の頑張りが足りなかったのかな?」と漏らした時の顔。大丈夫と言われても、普段から愚痴くらい聞いておくべきだったんじゃないだろうか。いや聞けばよかった。

「何事にも深入りしない」とさっき考えたのとはまったく反対の後悔が生まれたことに混乱して、その日は珍しく少しだけ寝入るのに苦労した。

ちょっと集中してレポートでも書こうかと思った時、統一郎の足はなんとなく店に向く。店長がこだわったという椅子《いす》とテーブルは作業にちょうどいいし、何か仕事があればこなすと小遣いになる。特にこの季節、なんとなくでも海の荒れ方を見ておくのはライフセービングの役にも立つことがある。

夕方五時に店に行ってみると、驚くべきことに営業を終えた直後だった。店長が疲れ切った様子でカウンターに突っ伏している。

「ちょっと気が向いて、四時半過ぎまで営業したんだよ。混んでたけど一人で頑張っちゃった……」

「イベントもないのにめずらしいですね」

「うん……疲れたから上で休んできていいかな……時給払うからクローズの作業やってお願い、一時間でいいから」

「わかりました」

年中フラフラしている割には体力のない店長だった。どうせなら手伝おうと看板を片付けるため外に出ると、そこに美咲が立っている。あ、と思わず二回瞬《またた》きをした。

「統一郎くん、この間ごめんね……あのこれ……」

気まずそうな顔で鳩《はと》サブレーの袋を差し出されてやっと理解した。

この間泥酔《でいすい》状態で絡んだうえに寝ていったことを、詫《わ》びに来たのだ。

気にするほどのことじゃないのに……いや気にはしたほうがいいのかもしれないがそん

なこの世の終わりみたいな顔をしなくても。

「気にしないでください。でもせっかくだからいただきますね」そう言えばいいし言えるはずなのに、なぜか言葉に詰まってしまった。おかしい。自分らしくない。

「あ、はい」

ぶっきらぼうな返事になった。これじゃまるで怒ってるみたいじゃないか、と焦る。

「あれ、美咲さん、なにしてんの」

キッと音がして自転車が止まった。流だ。軽く海に入ってきたのか自転車にはサーフボードがひっかけてあり、髪が濡れていてごくかすか潮の匂いがする。

「この時間に来るの珍しくない？　なに有給？　これからデート？」

「違う違う！　そんなんじゃないから。夜から打ち合わせなの。この間ごめんね」

「あー、わざわざサーセン。って、なんで鳩サブレー？　鎌倉の民に鳩サブレー？」

「私、手土産《てみやげ》のセンスが壊滅的みたいでよく上司に怒られるし、こうなったらもう定番中の定番にしようかなって。それに久しぶりに見たらやっぱり缶がかわいいなと思ったし……地元にいると案外食べないかなって思ったし……いいじゃない、別にいいじゃない鳩サブレー！　美味しいし！」

怒濤《どとう》の言い訳のあと、美咲はなぜか逆切れをした。

「いや何、手土産のセンスが壊滅的って。逆にそのセンスで選んでくださいよ気になるんですけど。ていうか地元にいると意外と……って水澄みたいなこと言いますね」

「水澄くん？」

「あいつ先月生まれて初めて江の島行ったらしいんですよ、なんか最近仲いい女子と」

「スミにおけないね」

「あ、俺が言ったって内緒ですよ、あいつすぐムッとするから。相変わらず敬語も使わねーし……いやそれはもういいんだけど、そうだ美咲さん、うどん食べてく？」

「うどん？　でももうお店終わってるでしょ？」

「いや店長が旅行から帰って早々、何に目覚めたのかうどんづくりを始めたんですけど、これが地獄《じごく》のようにマズくて。食べてくれる人探してんですけど。タダでいいです」

「何それ……ちょっと食べたいかも……」

ひょいひょいと言葉をかけられて美咲の顔に笑顔が戻った。こういうところ流はさすがだなと思う。

店に入った流はまずいうどんをつくるための出汁《だし》を火にかけ、まずいうどんのためではあるが柚子《ゆず》やネギを切り始めた。

閉店の作業を続けながら、統一郎は少し迷った末に美咲に話しかける。

「……元気そうで、安心しました」

「いやまだ全然元気じゃないんだけどね。でも次の仕事はあるし……この間ほんとうにごめんね。困ったでしょ」

「いえ」

困ったことは困ったし、酔っ払いは世間において絶対的に迷惑ではあるけど、自分は特には気にしてない。それをうまく伝えなくちゃと思うがやはりうまくいかず、あいまいに言葉を濁《にご》した。如才《じょさい》ない笑みになっているといいなと思いながら。

「あのあと目が覚めたら十時過ぎてて。平謝りして帰ろうとしたら流くんがお味噌汁に卵落としておじやつくってくれたんだ。なんで若い男の子に立て続けにお世話になってるんだろうって泣きそうになっちゃった。でも、美味しかった」

「流は……うまいんですよ。弱った相手のためにさっと何かつくるのが」

と言って、また後悔する。弟や妹が風邪をひいた時の世話に慣れているから、という意味で言ったつもりだったが、「弱った」というのは余計だった。

「ああ、わかるなぁ。優しい味ってあるんだよねぇ、ほとんど形のない大根と、くったくたになったえのきだけが入っててさ。味噌の味も飛んでなくて、あらゆる旨味《うまみ》を濃縮って感じですっごい美味しかった。沁《し》みちゃった」

自分が弱った人間だったことを、特には否定せずにしみじみと美咲は言った。ふっと唐突に、この顔をさせたいな、と思った。客を満足させたいとか疲れた大人を癒《いや》したいというのとは明らかに違う。忙しい家族のために一食二食さっとつくることはよくあるが、自分以外の誰かのために、安らいだ顔をしてほしいと思ったのは初めてかもしれなかった。

「でもよかった。ずっと謝りに行かなきゃって思ってたから、ちょっと気が軽くなった」

「気にしないでください」

笑いながら厨房《ちゅうぼう》に下がって洗い物を始めようとすると、小声で流が言った。

「よかった、立ち直ったのかな。美咲さん」

「え?」

「あの人さ、起きたあと、泣いてたんだよ、泣いたっていうかちょっとグスッていってたくらいだけど」

「泣いた……」

「仕事はダメになるし酔ってクダまくし情けない、って。よかったわ元気そうで。大事な常連だしさ」

俺の前では泣かなかったのに、とうっすら考えた。

いやあの時は酔ってたから泣くような気分でもなかったはずだ、そうに決まってる。

流のほうが確かにこういうことには慣れてて懐《ふところ》も深い感じがするけど、自分相手にそれができないと思われていたとしたら……何となくそれも嫌だ、と思った。世間知らずとか苦労知らずと思われるのは慣れっこのはずなのに。

「ねえ本当にまずい……一本ずつ全部食感が違う。暴力的にコシがあるのと完全に存在感がないのがいるんだけど……」

「食ってくださいね、罰ゲームなんで」

「タダでもヒドい！」

まずいうどんを前にして、美咲ははじけるように笑った。あの日とはまったく違う、何かを吹っきったような顔だった。細いうどんと太いうどんを丹念《たんねん》に仕分けしている横顔をつい眺めてしまう。ふと美咲が口を開いた。

「最近ね、体を動かすようになったからなんとなく頭もすっきりしてるんだ」

「ランニングでも始めたとか？」

「いやそこまで本格的にはやってないんだけど。大人のラジオ体操」

「は？　何それ新手のＡＶ？」

流が情緒もへったくれもないことを言った。

「違うって！　そういう集まりがあるの。うちのマンション知ってるよね」

「あれっすよね。海のそばの、くすんだ青色のタイル張りの」

「そうそう……いやくすんでないから。あの色合いがいいの、気に入ってるの」

美咲が住んでいるのは由比ガ浜側の公園近くの四階建てのマンションだった。

昭和によくあったタイプの外装だが、確かに時間を経《へ》ないと出ない独特の風合いがある。

「屋上でラジオ体操が始まったんだ」

「へー」

「上の階に住んでる人がね、エントランスに貼り紙して募集したの。ネットで買った音源でラジオ体操するだけなんだけど、けっこうたくさん人が集まるようになったんだよ。定年退職したご夫婦とか同棲《どうせい》してる美大生カップルとか、いろんな人が住んでたんだなってわかった。で、最近はおかず持ち寄ったりしてるの」

「へー、楽しそう。それ俺も行っていいっすか」

「だめー。住民限定だし、屋上だけど夜だから未成年は立ち入り禁止」

「ああ、それで大人のラジオ体操」

「夏になったら童心に帰って花火でもしようかって言ってる。アメリカヤでバラ売りしてるやつ買ってさ。夏って大嫌いなんだけど、でも今年はワクワクするな」

確かに近所の大人だけでほんの数十分、夜に待ち合わせて軽く体を動かすというのは息抜きになるし気が晴れるだろう。夏が大嫌い、という言葉が少し気になったが、ごく自然な笑顔にはホッとした。

大学で籍をおいているライフセービング同好会から、この夏はどのくらいボランティアに出られそうかと尋ねられ、少し迷った末に「今年は多少減らすかもしれない」と答えた。どうせ海辺にいることには変わりないが、少しでも店に多く立ちたい気分になっていて、メニューの開発にも力が入っている。自分の足でレンバイに行って旬のトマトを買い込んで、鶏肉《とり》と一緒にじっくり煮込んだスープをつくった。地元の飲食業者も観光客も通う直売所で、土のついた紅大根からつやつやしたとれたてのナスまで、調理法や保存法を聞いたうえで安く手に入る。

生産者から自信たっぷりにうちのトマトは熱を加えると特に甘味が出るから！　と勧められて買ったのだが、確かにコトコトとゆっくり火を通すと、上等のトマトジュースのように甘く、それでいてすっきりと食べやすい味になった。

「んー旨い。それに最近こう、味が優しくなった。何か心境の変化でもあった？」

「そんなことないですけど……市場の人に聞いたからかな」

朝のひと混みが落ち着いてカウンターで試食していた店長が感心してうなずく。

「さては恋をしたとか」

他人の恋路が相変わらず気になるようで、丸眼鏡をきらりと光らせる。

「してない、と思いますけど」

実際、しているといえばしているのかもしれないし、まだ始まってはないような気もするしよくわからなかった。

「いやしてると見たね、よし、そんな統一郎くんに仕事を頼もう。成功したらガツンとお小遣いあげるから」

「仕事って何ですか?」

「この夏は、レモネードをやりたいんだよ。こうね、初恋みたいに甘酸《あまず》っぱいやつを」

「レモネード……確か専門店があちこちにありますよね今」

初恋の部分は黙殺して答えた。

「そうそう。もともとドリンクスタンドって稼げるんだよ。坪月商《つぼげつしょう》百万近い店とかもあるんだって。店の前にベンチ置いて軽く飲めるようにしたいんだ。しっかりしたレシピがあれば出すのに手間もいらないし」

なるほど、と思った。きれいなレモンイエローのドリンクはＳＮＳにも映えそうだし、ドリンク系で一つ人気商品があると客単価は一気に上がる。夏、午前の海でひと泳ぎして火照《ほて》った体に流し込んだら、確かに気持ちいいだろう。

「基本的にはレモン果汁を割って砂糖とかはちみつとか加えたものなんだけど、何かウリというか、個性が欲しいんだよね、よかったら考えといて」

「わかりました」

レモンといえば、クエン酸。疲労回復に効果がある。世間でイメージされるほどビタミンCは入っていない。レモネードという言葉がさすものは国や地域で違い、日本においてもサイダーと同じく百年以上愛飲されていて、実は「ラムネ」の語源ともいわれている……。

家にある本で読んだ内容を思い出してぼんやり考えていると、ドアが開いた。

「いらっしゃいませ」

入ってきたのは、一人の男だった。三十代といっても五十代といっても、また落ち着きがあるといっても枯れているといっても通りそうな、微妙に摑《つか》みどころのない見た目をしている。和朝食を頼まれて、さっそく準備に入る。今日はごくオーソドックスな豚汁《とんじる》と卵焼きと納豆の定食だった。

ふんわりとした食感の枝豆納豆は店長が旅先で見つけて気に入ったもので、臭みの少ないまろやかな味がする。小皿にしらすや、同じように味のきつすぎない品種の小葱《こねぎ》がついていて、好みで混ぜるとお互いに邪魔をしない味わいになって美味しい。

「かわいい卵焼きですね。星になってる」

寡黙《かもく》で気難しそうに見えた男が、運ばれてきた定食を見て表情をほころばせた。無駄なく研《と》いだような造形の目鼻立ちだが、笑うと一気に親しみが増す。

オクラを巻いた「夏野菜の卵焼き」は流が好き嫌いをする弟や妹によく出してやるというメニューだった。断面が色鮮やかで写真映りがいいため、若い女性にも人気がある。

「もともとここのアルバイトが、小さい子供に出していたものなんです。オクラが嫌いな子も『星』と言うと食べてくれるそうで」

「いいですね、童心に帰ります」

嬉《うれ》しそうにそう言う男が食べ終えたタイミングで、お冷《ひ》やのおかわりをつぎに行く。

「ごちそうさまでした。美味しかった。久しぶりに自炊以外でものを食べました」

しみじみと言われて思わず「そんなにきちんとつくられてるんですか、すごい」と返事をしてしまう。一人暮らしの同級生だって、そこまで完全には自炊していない。

「由比ガ浜のほうで長く一人で住んでて。連れ合いも亡くなってしまったから、自分のために自分の食事をつくる生活をずっとしていて」

ぽつりと続ける。

『連れ合い』という古めかしい単語が、妙に似合っていた。空になった皿に視線を落とし、

「それでふと思ったんですよ。自分のつくってるご飯は正しいのかな、って」

「正しい」

「はい。在宅で設計をやっているんです。打ち合わせやリサーチで出かけることはあるけど、他人の作ったごく普通のごはんを食べる機会はほぼない。何年もこういう生活なので、自分の感覚を自分で固めて、いつの間にかとんでもないものを食べてる可能性もあるな、って。だけど家庭料理のお店って大体営業が夜でしょう。私は朝型だからそれほど行く機会もないんです。だけど今日、自分の感覚もまだそんなに間違ってないかなと思えました」

「ありがとうございます」

豚汁と卵焼き。家族のためにつくる平凡な料理に、何か感じるところがあったらしい。今日の仕込みはほとんど自分がやった。よかった、と思う。店で出して金をとっておいていうことでもないが、こちらのほうが「間違っていなくてよかった」という気分になる。

「また来てください」と言って男を送り出しながら、なんとなく美咲の顔を思い浮かべていた。自分の料理は最近味が優しくなったらしい、そして「間違っていない」という。夏野菜の新しいメニューも食べてほしいな、とふと思った。

「じゃあさ、付き合っちゃう？」

藤木あゆ葉からそう言われたのは、教授に頼まれた用事で二人になった時だった。

お互い朝型と夜型の違いはあれど元気にやってるよね、というような話をしていて、睡眠時間の話になった。人間にはショートスリーパーとロングスリーパーというものがいる。早朝にバイトして授業に出る自分と、夜行バスでコテッと寝てそれだけで睡眠がこと足りるあゆ葉、朝型と夜型の違いはあれど似たような体質なんだろうという話になり……本当に自然に言われた。「付き合ったらけっこううまくいく気がする」あまりに自然だったので思わず「そうかもしれないね」と答えてしまった。そうしたら一歩踏み込まれた。「付き合っちゃう？」という言葉で。

どう解釈すべきか咄嗟《とっさ》にはわかりかねたが、

「それは考えたことがなかった」

作為なく素直にそう言った。こういう時、自分はごく自然に『正解』の振る舞いができてしまう。相手の本気度がどのくらいであっても失礼ではない答え。

だけど今日に限っては、きちんと言わなくてはならない気がした。

「でも、好きな人が、いるような気がする」

あゆ葉はそれを聞いても表情を大きくは動かさず、しかし目じりを下げて笑った。気がするだけなんかーい、とごく軽く、わざとらしくもないツッコミが入る。

「そっか。そうなんだ。統一郎が『気がする』って言うくらいだから、たぶんそれはもう決まりなんだろうね」

「……そうかな」

「そうだよ。統一郎は慎重だし。私が言うんだから間違いない」

断言口調のその言葉が不思議で、思わず「よく見てるね」と言ってしまった。

「よく見てたんだってば」

さらにそう、答えが返ってくる。短く軽いその言葉は、ほんの一瞬で打ち消された。

「ごめんウソウソ。冗談、冗談だからね」

あ、と思った。恋愛沙汰《ざた》には鈍いほうだが、この「冗談」がおそらく冗談でないことはさすがに察せられる。こういう距離感こそ、それなりに賢い大学生の恋愛に必要不可欠なものだ。ゼミ旅行の計画をしている時の「何もしない」とよくわかった上での冗談。「脈がない」とわかった時に笑い交じりでサッと引くという振る舞い。ノリのいいキャラに見えても、あゆ葉はそのあたりはちゃんとしている。自分なんかより、ずっと。

「変なこと言ってごめんね、またね」

そのままひらひらと手を振って、部屋を出て行った。

「あー……」

一人になってから、他人の好意をむげにしたかもしれないことに気づき、処理のしづらい感情に頭を抱えた。

一応初めての経験ではないが、前回までとは微妙な部分で、気持ちが違う。困惑とも申し訳なさとも違う気持ちを抱えたまま電車に乗り、スマホをいじるとあゆ葉のツイッターに「今日はこれしかない。三十辛」と真っ赤なネパールカレーの画像がアップされていた。大学の近所の店だ。三十辛はあの店の最高レベルで、喜怒哀楽すべての感情が吹っ飛ぶくらいに辛い、らしい。


六月は何もない割に、いや何もないからこそ、早く過ぎていくものだと思う。ごく内輪の研究発表会があるくらいで、大学にはこれといった行事もない。バスにしろ徒歩にしろ意図して少し足を延ばさないとたどりつかない「そのひぐらし」も雨の日はてきめんに売り上げが落ちるのが常だった。最近は夕方になると、公民館からお囃子《はやし》の練習の音が聞こえる。祭りの日はきっと混み合うだろう。

今日は休日だが美咲が来ていた。店には水澄もいるが客足はゆったりとしていて、おそらくこの分だと昼のピークもそれほど忙しくはならない気がした。

「こんにちは」

丁寧なしぐさで傘の水を払って、小学校低学年ほどの少女が入ってきた。ぱっちりとした二重瞼に、八重歯《やえば》ののぞく口元。大きめのタッパーを大切そうに抱えている。

「あ、亜矢美《あやみ》ちゃん」

「お兄ちゃんと餃子《ギョーザ》いっぱいつくったので、届けに来ました」

「へえ。ありがとう」

「かわいい。もしかして流くんの妹？」

統一郎と少女のやり取りを見て、美咲が微笑《ほほえ》まし気に声をかけた。

「よくわかりましたね」

「だって顔がそっくりだもん。えらいね。おすそわけなんて」

事実その少女は、顔のよく似た流の妹だった。大宮《おおみや》家もまたこの近所にあるので、たまに遊びに来る。真ん中の弟は見たことがないが流に言わせると「あいつは人見知りだから」ということらしい。

「これが亜矢美のつくったやつで、こっちがお兄ちゃんの」

「いっぱいつくったんだねえ」

少し不格好な餃子を指さして一生懸命に説明している。流の餃子は旨い。あまり朝食に向くものではないが、水餃子か何かにアレンジしたら店で使えるだろうか。かき卵……は落としたらくどすぎるかな。家で母にレシピを聞いてみようか。

などと考えているうちに、美咲に褒められて恥ずかしそうにしながら、亜矢美は手を振って店を出て行った。

「かわいいなあ。私も二つ下の弟とよくつくったよ、餃子とかハンバーグとか」

なるほど、弟がいるのか。と意識するでもなく記憶に保存してしまう。

「歳《とし》が近いとそんなこともするんだ……」

兄と九つ違いの水澄がよくわからない部分に感心している。彼は料理も完全に未経験だったし、兄弟で何かをしたような経験も少ないのかもしれない。

「うん。歳なんかほとんど離れてないのにお姉さんだからって我慢させられちゃうことも多かったんだけどね。そういえば弟、今度結婚するんだって」

「美咲さんはしないんですか」

水澄がごく普通のテンションのまま聞くので、おもわず「こら」と思った。さすがにいち店員が聞くにはプライベートすぎる内容だ。

「いつかはしたいなー。あんまり想像できないけど。でもずっと一人っていうのも同じくらい想像できないし」

美咲はごく自然にさらりと答えた。そしてそれ以上にごく自然にさらりと、続けた。

「でも今付き合ってる人、あんまり結婚願望ないみたい」

今なんて？

「美咲さん、彼氏いたんだ」

「最近できたの。ほんとに最近」

「……えっと、おめでとうございます」

「おめでとうって！　……うんでも、ありがとう」

水澄と美咲は言葉少なにほのぼのとそんな会話をしているが、統一郎の心中は穏やかではなかった。彼氏。いつの間に。まずそう思った。次に、どこのどんな男だろうと思った。知りたい。

流だったら「マジすか、どこの誰ですか」とか聞きだしてくれるのに、水澄にはそこまで期待できそうにもない。いや何かと不器用な年下にそんなことを期待するのがそもそもおかしいのだ。さっき「こら」と思ったのとはまったく逆じゃないか……でも気になる。

俺はどうしちゃったんだろうという気分だった。あゆ葉の言った「間違いない」という言葉が、初めて実感をもって思い出された。迷った末に、聞いた。

「どんな人ですか？」

「高瀬《たかせ》っていうんだけど、おとといくらいの朝、来なかった？　初めて行ってみたらすごくいい店だったって喜んでたよ。星の卵焼きがかわいくて気に入ったって言ってた。背の高い子と話したって言ってたから統一郎くんかなと思ったんだけど」

「え？　ここに来てる人ですか？」

記憶にない。客と軽い世間話や観光案内じみた会話をすることはよくあるが、最近初めて来た客に美咲と交際を始めそうな男性なんていただろうか。

そこでハッと気づく。おととい。星の卵焼き。まさか。

「ああ、もしかして……設計をやってるっていう」

「そう！　その人！」

マジかよ、とほとんど使わない語彙《ごい》で言いそうになった。

連れ合いと死別したと言って美味しそうに和朝食を食べる、摑みどころのない枯れたような男。あれが、美咲の彼氏。

「だいぶ年上ですよね」

「うん四十二歳だから、十五歳上かな」

予想の外も外だったので、一瞬言葉を失った。

「十五歳差って俺の年齢と同じだ……どこで知り合ったんですか」

またしても思ったまんまという感じで水澄が尋ねた。この時ばかりは妙なところでストレートな後輩に感謝しそうになる。

「近場で恥ずかしいんだけど、同じマンションなの。ラジオ体操を主催してる人」

「そういうこともあるんだ……」

水澄はしみじみと感心しているが、聞けば聞くほど、よく理解ができなかった。ラジオ体操で人と人は交際を始めるものなのか。しかも二十七歳と四十二歳が。

「統一郎?」

「あ、ごめん。なに?」

「ぼーっとしてるから」

「いや急展開だったからびっくりして」

実際なにも急展開ではないのかもしれない。同じ建物に住んでいるそれぞれ独身の男女が、大人だけのちょっとしたサークルで出会って交際を始めた、それだけの話なのだから。

「わけわかんない出会いだよね。でも仕事の内容は違うんだけどやってることは似てるから割と話が合ったんだ。夏バテ防止に美味しいものでも食べませんかって言われて、部屋に呼ばれて、いい人だからつい行ってみて、いろいろ話してたら、あれよあれよとまあ、付き合うことに」

眉間《みけん》のあたりにきゅっとよくわからない力がかかったような気がした。

部屋に呼ぶ。その言葉の持つ生々しさ以前に、心配が先に立つ。マンションの屋上で突然ラジオ体操を始めて十五も年下の女性を部屋に連れ込む男ってそれ、あんまりよろしくないんじゃないのか。

「その人、本当に大丈夫ですか」と、喉元《のどもと》あたりまで言葉が出かけた。しかし結果的にはおしとどまる。店員と常連客という立場で言うことでもない……という自制が働いたのとは、微妙に違う。単に、喉からうまく声が出なかっただけだった。

よろしくないんじゃないかと思っていた男は、翌日また店に来た。今回は思わず観察してしまう。肉の薄い体によく馴染んではいるが褪《あ》せやヨレのない、袖口《そでぐち》まですっきりと洗い上げられたシャツ。仕事が設計と聞いているせいか、なにか工学的にあつらえでもしたように似合いの格好に思えた。家を出ずに仕事をしているという割には行き届いている。

ただ店長とはまた別の意味で、浮世離れしていることは間違いない。勤め人というのとも自由人というのとも違う乾きがあり、存在がどことなく茫洋《ぼうよう》としていた。

今日はその男は、カウンターに座った。

「園田さんに、カウンターに座ってみたらいいって勧められました」

すでに美咲と、いろいろとこの店について話しているらしい。美咲が「彼氏」として自分のことを店員に報告したというのも、昨日の今日でもう知っているようだ。

「ああ、いつもそこに座りますね、彼女」

対抗したいわけでもないが、ほんのわずかムキになった。

「ええ。建築写真集や雑誌があるし、混雑していなければ誰かが話し相手になってくれるからって」

「店長がこだわるんですよ。ここだけは選び抜いた本を置きたいって」

「ああ、店長さんも面白い人だって聞いてます。和朝食をください」

ずいぶん気安いというか、些細なことでもよく話しているんだろうなと思わせる言い方だった。自分は昔付き合っていた彼女と、こんな風に笑顔で語らえるような共通の言葉を持っていなかったなと、ふいに考えてしまった。

「高瀬さん……でいいんでしたっけ。マンションでラジオ体操やってるんですよね」

「はい」

　あくまでも話題の糸口として、そう言ってみた。

「今度、うちの店でもラジオ体操やろうかって店長が言ってました。夏が終わってもちょこちょこ常連さんたちで集まったりしたらいいかもって」

「それはいいと思います。昭和のはじめにこの辺りで撮られたラジオ体操の写真を見たことがあるんですが、放送塔の周りに子供たちがたくさん集まっていて、とても楽しそうだった」

「そんなものも残ってるんですね」

「美咲に見せてもらったんです。タウン誌をつくってる時に鎌倉の郷土史やゆかりのある人物の評伝を読み込んだそうで」

　それがポシャって落ち込んでたところをあなたは家に連れ込んだわけですか、という気持ちが一抹、芽生えた。というか今美咲って呼んだよな。胸の奥でごそりと、かすかに神経を逆撫《さかな》でされる。店長が「美咲ちゃん」と呼んだ時とははっきりと色の違う感情だった。

「あれがダメになった時は落ち込んでましたよね」

「そうですね。僕も連日愚痴を聞きました」

　対抗したいわけでもないがまた言うと、やはりほんのりと上を行く返事が返ってくる。

「でも元気ですよ。今はお土産屋さんのオリジナルグッズのデザインと……それから、このあたりの編集スタジオが手掛けた本の装丁をするそうです。鎌倉に来る人みんなに買ってほしいと言ってました」

なんでいちいちかぶせてくるんだよ、と淡い苛立ちを覚えた。かぶせてくるといっても、相手から敵意や牽制《けんせい》の意思は一切感じない。

自分がこの男が彼氏と聞いて驚いたのと同じように、いかにも学生然とした統一郎と美咲という組み合わせもまた彼にとっては「ありえない」のだろう。十五歳年上の近所の男と八つ年下で未成年のレストラン店員。どっちだってナシといえばそこそこ程度にはナシなのだ。ただこの男がアリにしてしまったというだけで。

「気持ち、切り替えたんだ……よかった」

「はい。自分の手掛けたものが土地に馴染むというのはいいものですよね。僕も仕事をしているとそう思います」

「高瀬さんは設計をされているんですよね。何をつくられてるんですか」

「ここ最近で印象深かったのは、宮城の小学校かな。震災の影響もあって統合された学校なんですが、それを感じさせないような明るく新しいイメージの校舎にしたいと言われて」

「東北の小学校……もしかして屋根が藍《あい》色で、板張りの長い廊下がある」

「そうです。よくご存じですね」

その言葉を聞いて敗北を覚えた。その建物は再生のシンボルとして有名で、父が持ち帰る役所がらみの専門誌ででかでかと特集されていたのを見ているし、まさにその建物を見るのが、夏のゼミ旅行の目的でもあるからだ。各種の制約があって自由には使いづらい狭い土地をうまく生かし光を大胆《だいたん》に取り入れつつ、音や光に過敏な子の特性にも応じて「使い分け」ができるよう工夫された建物。「すべての子供に優しい、いくつもの顔を持つ」校舎として、すでに名だたる賞を取っている。

「僕には子供がいないし、長く在宅でやっていてあまり町に出ることもないんですが。小さい子が自分の設計した学校で勉強したりすると思うと嬉しいです」

その言葉に、美咲の顔を思い出す。楽しそうに亜矢美の相手をして「ずっと一人は想像できないな」と言っていた。今付き合ってる人、結婚願望ないみたい、とも。出すぎた発言だし、恋敵《こいがたき》に対してわざわざ勧めることでもないが、そんなに子供が好きなら結婚すればいいのに、とは思ってしまう。

「もうご結婚は……されないんですか」

「できないな」

「どうして」

その「どうして」は、思った以上に棘《とげ》のある声になった。自分で自分にうろたえる。高瀬は統一郎の発した踏み込んだ言葉には、不快を見せなかった。ただ「はは」と笑って、話を打ち切るように視線をそらす。統一郎もそれ以上は尋ねなかった。

小さなせいろに仕込んであった蒸し豚や、店長の九州土産である明太子《めんたいこ》などを無言で膳《ぜん》の上に並べていく。

カチャカチャと小さく食器が鳴り……それにまぎれるような形で、かすかなつぶやきが聞こえた。本当に小さく、誰に聞かせるという意図もなさそうな声。

「僕は妻を、殺しているから」

窓の外をつっと、黒い影が横切った。最近どこかに巣を作っている燕《つばめ》だろうか。その影がなぜかやたらと大きく、鋭いもののように見えた。


大学にも夏の気配が漂ってきた。正しくは夏休みの気配だ。旅行やイベントや、休みの間しかできないバイトや、何よりそれらの前にたちはだかる前期のテストや。聞こうと思っていなくてもそういう話題が自然と耳に入ってくる。

「おはよ」

中庭を歩いていると、あゆ葉が横に並んだ。

告白のようで告白ではない「付き合っちゃう？」のあとも、彼女はごくごく自然に接してくる。自分もそれに合わせた態度を取っていた。相手の強さに甘えて、なんだかすごく楽をさせてもらっているような気がするが、それでもやはりこれが「正解」だ。

「あれ、統一郎、髪切った？」

「うん、昨日」

「失恋だったりして」

「違うよ」

いや、違わないかも、と胸の中だけで小さく付け加えた。

始まってもいないような気がずっとしていたけど、気づいてみれば何のことはない。それはとっくに恋だった。

『妻を、殺している』一昨日聞いたあの乾いた響きが、耳の奥から離れない。同時に美咲のことも頭から出て行かず、寝つけずに夜を明かし、生まれて初めて授業で居眠りをした。

こんなことじゃいけないと思って、髪まで切ってしまった。これが恋じゃなかったらなんなんだ、と今となっては自分で自分に聞きたいくらいだった。

「あー、その顔。まだ好きっぽいね。未練がありそうね」

何もかも見透かしたように、あゆ葉が笑う。

「……そうかもしれない」

「どんな人なんだっけ」

横から尋ねられ、前を向いて歩きながら考える。どんな人。どんな人なんだろう。思えば自分は美咲のことをよく知らない。手土産のセンスが悪くて酒に弱くて、よく笑って、切り替えが早い。せいぜいそのくらいの言葉でしか語れない。

「あゆ葉にちょっと似てる」

「……最低だよ」

あゆ葉は笑った。言ってしまってから、本当に結構最低だと自覚した。

「もーやだな。ホントにこの男は」

あゆ葉は呆《あき》れてみせながら、スマホを取り出す。その顔が見られないので、自分もスマホに視線を落とした。『あー！　彼氏が欲しい。この夏は絶対につくるから、私は今決めた、今好きな人よりいい男にする』

ＳＮＳにそう、投稿があがる。あゆ葉だ。フォロワーが二千人いるので「いいね」が五、六、七と目に見えて増えていく。誰のこととも、何があったとも言っていない。

「よし、宣言したった。いくつまで伸びるか見てなさい」

「……うん」

誰のこととも なんのこととも聞かず、そううなずくしかなかった。人間としてかなわないという気にさせられる。

「暑いね」

「うん」

ぱたぱたと手で顔を仰ぎながら、あゆ葉が言う。蒸してはいるがそこまでは暑くない。

「ところで試験は大丈夫なの」

「うん。普通にやればたぶん大丈夫」

「統一郎って意外とこういう時謙遜《けんそん》しないよね……」

いつものノリでそんな会話をして、門の前で別れた。一人になってからスマホをのぞくと「あのカレー屋、実は裏メニューで三十一辛があるんだって。食べようかな」とあゆ葉が綴《つづ》っていた。

「奥さんを殺したってどういう意味ですか」

人当たりの良さとか、如才のなさとか。

一線を踏み越えない無意識のうちの『正解』とか。

十九年の人生でそれなりに身につけた節度みたいなものを、今日が一番、意識して捨てる気になった日かもしれない。

「ああ……聞こえてたんですね、この前」

「聞こえました。すみません」

妻を殺した。自分も冗談を言わないタイプなのでわかるが、あれは真実を語る目つき顔つきだったと思う。そもそもの話、そんな悪趣味な冗談を言うような男に美咲はやれない。だから聞き出そうと思った。正面から小細工なしに。

高瀬はじっと何かを考えこんで、決意したように口を開いた。

「統一郎くん、でしたっけ？　最近変わったことはないですか」

「変わったこと？」

「体が重いとか汗が出ないとか、布団から起きるのがつらいとか」

「……特にはないです」

「ならよかった」

高瀬の手元で揺れているのは、薄手のグラスに入ったレモネードだった。単品でメニューにするにはまだ品質が不安定だが、サービスとして洋食の食後に出している。海辺とレモネードって最高に甘酸っぱいし絵になるよね、と店長は盛り上がっているが、現状、とてもそうとは思えない。今まさに人殺しを名乗る男を問いただしているのだから。

「美咲が心配していたから。『そのひぐらし』の子たちは朝早くから働いて、学校に行ったりきょうだいの世話をしてる。いくら若いとはいえ、体は大丈夫だろうかって」

「そんなのは……」別に当たり前だ、とまでは思わない。生活のために働かざるをえない立場でもなし、学生という身分があってできることだとはわかっていた。だからといってそんなことはこの男には告げたくはない。二十三歳年上の男に、あえて自分のお気楽さなど知らせたくはなかった。

「統一郎くん。人は案外とあっけなく、亡くなります」

高瀬の目の中で、何かが光った。怒りとか悲しみではなく、ただの光だ。しかし何かどうしても伝えたいことがあると感じた。

「夏バテでも、人は死ぬんですよ」

夏バテ、とその言葉を反芻《はんすう》した。やはり冗談を言っている顔ではない。

聞いてくれますか、というように高瀬の目がこちらを向いた。どこまで通じるかわからないが「はい」という意思のつもりで、沈黙を返した。

「妻と結婚した時、僕はまだ二十代だった。院を出て数年の事務所づきの設計士でした。

期待の若手とチヤホヤされていたし、コンペを立て続けに取った。頑張れば頑張るだけ結果はついてくるし、なんだってできると万能感に浸っていた。今にして思えば『できる』ことは『やっていい』ことだと思っていたんです」

すきりと澄んだ液体を飲みくだして、とても澄んだとはいえない目で、高瀬は続けた。

「妻の体調がよくないのは知っていました。疲れやすい、めまいがすると言われて『夏バテだろう、病院に行かなきゃだめだよ』と言い続けたし、事実、夏バテだった。妻も働いていたけど、自分と比べてさほどの激務には見えなかった。ひどく傲慢に、そう思っていたんです。病院に行けと言うことで、何かした気になっていた。知っていたのに。学生時代から、ひどく我慢強い女性だということは」

眉間の皺《しわ》が深い。レモンの酸味だけではない。苦い苦い記憶を思い起こしているからだろうか。

「ある日仕事から帰ったら、妻は亡くなっていました。抵抗力が落ちていたところにエアコンが故障して、室内で熱中症を……家にいて熱中症で亡くなることもある、というのは今でこそテレビでも周知されていますが当時はそうじゃなかった。エアコンの調子が悪いのだって僕は知っていたんです。何もかも見ないふりでした」

だからか。と思った。

『僕は妻を、殺している』それは彼の中では、誇張でも何でもなく、当たり前の事実なのだろう。夏とともに死んだ妻。ふっと『夏って大嫌いなんだけど』と言っていた美咲を思い出した。もしかしたらこの二人の間には何か、似たような経験からくる共通の言葉があるのかもしれない。自分が誰との間にも、持っていないもの。

「小学校の設計コンペに出た時、近所でラジオ体操をしている子を見ました。特に会う必要のない休み中の子供たちが眠そうな顔して集まって『じゃあまたな』ってそれぞれの家に帰っていく、別の家で別の生活をしていても朝は集まる。なんだかそれはとてもいいことだと思った。僕がこの店をとても気に入ったのはそういう理由です。美咲もたぶん……この店のそういうところが好きなんだと思う。彼女はとても、ここが好きです」

とつとつと語っていた高瀬が、そこで顔を上げた。

「だから統一郎君。体は大事にしてください。大学とバイトで大変だろうけど」

そして自分を気遣う。そう。気遣っている。大人として。

自分はこの男にも美咲にも心配されているのだ。そう思うとはっきりとした苛立ちがこみ上げる。「だけど彼女は奥さんの代わりじゃない」とだって、本音で言えば、高瀬に告げてやりたかった。しかし生来の性格がどうしてもそれだけは許さない。

「奥さんのことは……もう、いいんですか」

かろうじてそれだけ言う。責めるような響きは出さなかったつもりだった。しかし。

「いいわけがない」

高瀬の表情が動いた。

「もともと墓守として生きようかと思っていたんだ。妻の実家と墓がある長野に引っ越して、残りの人生はそこで暮らそうと……本当はこの秋にでも住まいを移すつもりで」

淡々としていた高瀬の声が、はじけるように激しいものになる。とっくに乾ききった木を火に投げ込んだら、思いがけないほど強くぱちりと燃えたような。

「だけど美咲が、それは奥さんが本当にしてほしいことなのかな、と言ってくれて……それをきっかけに考えて、気持ちが決まった。まだ何もかも許せたわけじゃないけど、今は、次に出会った人を幸せにしたいと思ってる。それはいけないことだろうか」

答えなど出せるわけがなかった。自分は誰かを幸せにしたいなんて考えたことがない。まだ若いから当然なのかもしれないけれど、じゃあ十年二十年経ったらそういうことを考えるのだろうか。今まで生きてきて、何かを頑張ったこともないのに？

「……すみません。困らせてしまった。若い子にするような話じゃないね」

「いえ、こちらこそ」

首を振って謝りながら、内心で自分のことをとてもひどい人間だと思った。高瀬が抱えているずっしりとした後悔を聞いてなお、心のどこかで、アドバンテージを突きつけられたことのほうに悲しんでいる。

同じマンションに住んでいて、年上で仕事ができて、何かの後悔でつながっている人間。絶対にかなわない。なんでだよ。選択肢や答えって、適度な場所に適度な距離で用意されてるものじゃないのか。こんな風にあっさりと何もかも選ぶ権利までなくなっちゃうものなのか。俺だって、もっと何かできるんじゃないか。そう考えはするけれど、何をどう考えてもその「何か」が思いつかなかった。

生まれて初めてままならない経験をしたと思ったら、それが恋だった。

まったくもってわけがわからない。就活で躓《つまず》くこともあるだろうと大学は潰しのきく学科を選んだし、この先なにかの壁にぶち当たることだってあるかもしれないと覚悟だけはしている。

覚悟だって立派な安全装置みたいなもので、だけど恋愛にそういうの、あんまり効かないんだなと気づいた。始まると同時に終わった恋だけど、ごく普通にショックがじわじわとあとから湧いてきた。何年も思い続けた場合と、どのくらい違うんだろうか。そんなことは考えても答えの出しようがない。

まったくもってわけがわからないことは、もう一つある。

今自分が、無性に海が見たいと思っていることだ。

昨日は何事もなかったような顔をして授業に出て、電車に揺られて帰り、ふて寝のように無理やりに自分を寝つかせて、しかし朝型の悲しいサガで三時に起きた。

旅の疲れがいまだ抜けないらしい店長にラインをしてみたら「手伝って」と言われたのでそのまま「そのひぐらし」に出勤し、てきぱきと働き、「ちょっと休憩してきなよ」と言われたのが午前五時だ。

何かを考え始めるとよくないのはわかる。しかし何かしらの整理はつけたい気がした。ボンヤリしながら、ああなるほど、人はこうして失恋すると海に行くのかと気づきがあった。

店から二十秒。なんて優しいレストランなんだろう。いっそ失恋した心と体に優しい、滋味《じみ》と熱量を兼ね備えたメニューなんてしかけてはどうだろうかと仕事モードで考える。

高架をくぐって、朝の材木座海岸を波打ち際までゆっくりと歩いた。すでに何匹か散歩したのか、点々と残る犬の足跡にうっすらと水がたまっている。

月頭には土台だけだった海の家に、屋根やトイレがつき始めている。真新しい木材の香りが鼻の奥に流れ込んだ。「求むアルバイト」の看板に、作業員が忘れていったらしい軍手。オフシーズンはにぎわいを見せつつもまだまだ穴場という印象のある材木座だが、夏となれば話は別だ。海も砂浜も、もうすぐこんな風に、優しく何もかもを受け入れてくれる場所ではなくなる。

息を思い切り吸い込んだ。

「あ────────！」

叫んだ。失恋のショックというやつで叫んだ。不利と無理を悟りはしたけど完全には諦められない。だからといってここからどうしていいかわからない。思い切りベタで、エモーショナルで、陳腐《ちんぷ》な行動だけど、しかしもうそれくらいしかできないような気がして叫んだ。意味もなく大声で、肺から全力で息を絞り出して。何かに熱くなったことなんて、今まで一度もないのに。

好きだー！　と続けようとして、しかしそこで少しだけ我に返る。しかし完全には止まらないので、小声で言った。

「好きだー……」

「…………………誰を？」

「!!」

人生で一番驚いたかもしれない。

はじかれたように振り向くと、そこに美咲がいた。

一瞬で本当に何もかも吹っ飛んだ。海に向かって叫んでいるところを、海に向かって叫びたくなった原因を作った相手に見られた。誰かに偶然会えて嬉しい気持ちと、恥ずかしくて死にそうになる気持ちを同時に覚える経験は、掛け値なしに初めてだった。

「……！　……！」

がっくり腰を折り、両膝《ひざ》に手をやって顔を伏せる。

「何で……聞いてるんですか……」

「ご、ごめん。スルーすればよかったね。でももうすぐ後ろまで来てたから去るのもどうかと思って」

「……まったく気づかなかったです」

耳から首筋まで、血が茹《ゆ》だり上がったんじゃないかと思うほど熱かった。顔が上げられない。何だっていうんだ、これはなさすぎる、という気持ちのままがしがしと切ったばかりの髪をかき乱した。

「……なんで海岸に？　店に行かないんですか」

「たまに来てるんだよ、いやなことがあった時とか」

店に来る前に少しクールダウンして、ということだろうか。

てっきり仕事場から直行していると思っていた。美咲が例の日以外、店で荒れたことがないのは、ここで考えをまとめたり少しモヤモヤを抜いているからなのかもしれない。ガキだな、何も気づかなかった。

「忘れてください。本当に」

美咲の顔が見られない、どうやって顔を上げたらいいのか、場を収めたらいいのか、誰かに教えてほしかった。

とその時、軽やかかつしっとりと優雅なピアノのメロディが流れてきた。突然だったので思わず体を起こす。これはラジオ体操だ。夏休みには早いのに。

振り返ると少し離れた場所に、老女が五人、小さな動きで体操を始めるところだった。先頭にいるのは常連客の「井戸屋敷のおばあちゃん」だ。

「おう、薬屋の給仕じゃないかい、何やってんだ」

「今は『そのひぐらし』です……」

なんでもあの店は昭和の時代には薬屋だったそうで、彼女は今でも当然のように『薬屋』と呼ぶ。酸《す》いも甘いも味がなくなるまで噛《か》みすぎたような老女で、小学生の頃から顔を知られている流などはまったく頭が上がらないらしい。

「老人会か何かですか？」

「薬屋の丸眼鏡がラジオ体操でも始めたいって言ってるの聞いて、私らがとりあえずやってみることにしたんだよ。これから店で売り上げにも貢献してやるから感謝しな。今日の味噌汁なんだい」

「絹さやと豆腐と油揚げ、吸い口に生姜《しょうが》です……」

「ふむ」

そして婆さんたちは、音楽に合わせてゆったりと体操を続ける。圧倒的な健全さの漂う空気に、統一郎も美咲も、すっかり毒気を抜かれた。

「……なんか、ラジオ体操が新しいブームになってますね」

「あの人喜びそう」

帰ったら教えてあげよっと、と美咲が笑った。「あの人」「帰る」という言い方にいよいよ本気で失恋を実感する。彼女はこれから帰るのだ。高瀬が待つ家に。

――腕を回します、外回し内回し、五、六、七、八。

ハキハキとした音声に合わせて、美咲も腕を動かし始めた。夜にマンションでやっているせいか、よく慣れている。いつもノースリーブから伸びているまっすぐな腕、酔って寝ていた時の少し朱がかった状態をいつだって思い出せるわけだが、しかしピアノの軽快なメロディがそういう後ろめたさの一切を浄化してくれる。

好きな相手が彼氏と知り合うきっかけとなったラジオ体操、なぜ二人してやっているんだろうと思わないでもないが、並んで体を動かすと体の筋が無理なく伸びるような気がして気持ちがよかった。

「私ね、夏とラジオ体操がこの世で一番嫌いだったんだ」

「この前、言ってましたね」

「うん。昔、弟がラジオ体操に行こうとして、車にはねられちゃって」

恥ずかしい『海辺でシャウト』を見たお返しにというわけでもないだろうが。「ねじる運動」に合わせ、秘密を吐露するように美咲が言った。

「子供の頃、毎日私がラジオ体操に連れてってて。始まりは七時なのに、その日は六時くらいから行きたい行きたいって言いだして、めんどくさいからもう行きなよ！　って言っちゃったんだよね。それで一人で出て行って、道路に飛び出して……」

――前したに曲げます、と年代物のカセットデッキがひび割れた声で言う。美咲の顔が伏せられて見えなくなった。体を曲げたからというわけでもなく、統一郎は言葉に詰まった。それを察してか、美咲が慌《あわ》てて説明する。

「あ、ごめん、別に亡くなってない、元気だよ。本人からも親からも責められなかったし」

「はい。……それ、別に美咲さんは悪くないと思いますけど」

「……でも、今でも足を少し引きずってる。仕事は私と同じでデザイナーだから支障ないし笑い話にしてるし。忌々《いまいま》しいことに私より早く結婚しそうだし、婚約者は海が好きだから材木座テラスで挙式して姉ちゃんに見せつけてやるって言ってるし。でもさ、そういう問題じゃないんだよね、やっぱり」

両足をそろえてぴょんぴょんと跳び始めた。ここが一番、曲もアップテンポになる。

「そしたらちょっと前にさ、言われたんだよね。もういい加減鬱陶《うっとう》しいから気にしないでくんないかな、俺結婚するわけだし、もう姉ちゃんの弟ばかりでもいてやれねーしって」

一人っ子の統一郎にはわからない感覚だった。わからないといえば身内を自分の過失で損ねたことも当然なく、結局は何も共有できない、という何度目かわからない気づきを得ただけだった。

またしても胸の奥が重くなるが、それでも気分がそこまで滅入《めい》らないのは、軽くでも体を動かしているからだろうか。明るく整ったナレーションと、規則正しい動き。

「だからこの世で一番ラジオ体操が嫌いで、夏も大嫌いだった。マンションに『ラジオ体操しませんか』って貼り紙が出た時も、すっごく嫌だった。でも屋上で大人だけで、しかも夜中でしょ？　あの時とは全然違うし。これもリハビリだと思って参加したの。そしたらなんか普通に嫌じゃなかったし、彼氏ができちゃうし。人生わかんないよね」

「本当ですよね」

　実感を込めて答えた。仕事に疲れた年上の女に惚《ほ》れたばかりか、妻に先立たれた四十過ぎの男にその相手を持っていかれる。人生は本当にわからない。

「あの人ってさ。ほっとけないよね」

「そうですか?」

「うん。たまにすごく寂しそうな顔するでしょう。真面目に仕事して淡々と生きてても、何かのきっかけでふらっといなくなりそうな」

「それは……わかる気がします」

「あはは、なんかもうね、あの世捨て人みたいな雰囲気にすっかりマイっちゃって。私別に枯れ専じゃないのに。高瀬の奥さんのこと聞いた?」

「はい、死別だって聞きました」

「うん。奥さん夏に亡くなったから、今でも夏場に体調悪そうにしてる人のことすごく気にしててね。だからバテてる人がいたら声かけたいなと思ってラジオ体操始めたし、私のことも家に呼んだんだって。ちょっと気になる相手に家に呼ばれてドキドキしてたのに、ひたすらパワーのつくものを御馳走《ごちそう》されて、女としてこれはどうよと思った。まだ奥さんのことも全然忘れてないと思うし」

家に呼んだというのも、下心ではなくそういう意図があってのことだったのか。

視線を移せば、老人たちがそれぞれマイペースに体操していた。まったくラジオ体操にない動きをとっている者もいる。自分が十九で高瀬が四十二で、婆さんたちはさらにその倍、生きている計算だ。いろんなものを忘れたり、忘れたくてもダメだったり。失恋の比ではなく、とんでもないこともたくさんあったんだろうな、とぼんやりと思う。

「まあほら私生きてるしね。少し頑張って忘れさせてあげないと」

男のシュミ悪いよね。とちょっと自虐《じぎゃく》するように言って、美咲が笑った。自虐のわりに幸せそうだった。そうですね悪いですよ、俺にしとけばいいのに。例えば流あたりなら、そう言えたりするんだろうか、いやきっと、人間そう単純なものでもないのだろうなと今ならばわかる。

「大丈夫だよ、私はしっかりしてるから」

本当はそこまで強くないのに自分に言い聞かせるような言葉だった。そんな男やめておけと、言うなら今のような気がした、いや「そんな男」どころか、高瀬はいい男だと思う。それでも。

「あの」

統一郎は口を開いた。しかしそこで、ラジオ体操が終わった。ゆっくりと深呼吸。深く息を吐いて、美咲が腕を下ろした。最後のぽろんとしたピアノの一音が、さざ波たつ海に溶けるように少し悲しそうに鳴った。

「何？」

言おう。そう思った。海に向かって叫んでいるところを見られたのだから、もう何も怖いものなんてないはずだ。言ってしまえ。あなたが好きです、その一言で済む。

「なんでもないです……うちで何か食べていきますか」

しかし口から出てきたのは、まったく別の言葉だった。「彼女はとても、この店が好きです」高瀬にそう言われたのを思い出したからだった。美咲はこの先、好きな男の待つ家に帰る。彼女に食事をつくるのも高瀬の役目になるだろうし、帰りたくないから、仕事が残ってるから、という理由で頻繁《ひんぱん》に顔を出すことはなくなるかもしれない。だからこそ、波風は立てずに今のままにしておこうと思った。気まずさも遠慮もなく、嫌なことがあった時には来てもらえるように。

「食べる食べる。今日の洋食なに？」

美咲が老人らに軽く頭を下げて、浜から店へと歩き始めた。高架になった一三四の下を通る時、朝日が一瞬遮《さえぎ》られて少し顔の影が濃くなる。性懲《しょうこ》りもなくドキリとしたけど、もうやめよう、と思って店に戻り、キュッとエプロンをしめた。

新メニューを試してもらえませんか。そう言って美咲の前に出したのは、しばらくあれこれと試していたレモネードだった。

「あ、店長さんに聞いたよ。初恋レモネード」

自分にとっては失恋ですけど、と陳腐なことを心中でだけつぶやいて、ゆっくりとカップにそそいだ。レモン果汁にはちみつ、ほんの少しだけオレンジリキュールが混じっている。

「レモンっていうのは酸味でしゃっきり目が覚めるし朝食やリフレッシュに効果的だと思われがちだけど、はちみつやジンジャーや洋酒を加えることでリラックス効果も期待できるんです。クエン酸に疲労回復効果があるから、疲れた人にこそ飲んでほしいなと思って」

説明にうんうんとうなずきながら、美咲は息を吹きかけている。

「でもホットなんだね。これから夏なのに」

「夏用にはまた考えます。ここ、朝食専門店だけど、美咲さんみたいに『遅い夜』として来てくれる人もいるから。そういう人に飲んでほしいなと思ってこっそり研究してました」

「そんなほっこりした飲み物を出したらまた居眠りされるかもよ」

「それでも……たまになら、いいと思います」

ごく自然にそう言って笑った。美咲があの日すやすやと寝ていたように、毎日だったり皆だったりは困るけど、少しだけなら寝かせてあげたい。「朝まで」じゃなくて「朝から」でも。それで心が休まるのなら。

「なんか統一郎くん、男前になったね」

「そうですか？」

うん、とうなずきながら、美咲がそっとカップに口をつけた。

「美味しい。体がほわーっとする」

「少しだけハーブで味をつけてます。安眠に効くやつで」

「うん、落ち着くと思う。冬なんか絶対恋しくなる味だ」

安らいだ顔をしてくれたことにホッとした。

「よかった。俺、寝つきがいいからあまりこういうのがわからなくて」

「ほんとに朝型だよねぇ」

「なんていうか、昔から朝が好きなんです」

「すごい。大学生の言葉とは思えない」

「…………でも嫌いになりそうなんですけど」

「なんで」

「いろいろあったんですよ」

実際にはいろいろあったわけじゃない。はたからすれば無傷に見えるだろうし、ただ勝手に人を好きになって、ただ勝手に諦めただけの話だ。その相手とも、とりあえずこうして、普通に話せる。自分はそういうところは強い……はずだ。明日からはわからないけれど。

「……よくわかんないけど、その件に関しては聞かないでおくね」

「そうしてください」

先ほどの浜での「あー！」を思い出したのか、そこで美咲は口をつぐんだ。

「夏はどうするの？　もうすぐお休みでしょ？」

「その前に試験があるんですけど。終わったらここで仕事して、新しいメニュー考えて、課題やって、旅行行って、海水浴場のほうでライフセービングのボランティアをやります」

「タフだなぁ。体気をつけてね」

「大丈夫です。たぶん」

レモンとはちみつの香りがかすかに漂うカウンターで、何気ない会話がぽつぽつと続く。初夏の日差しが早くも、窓の外をしらじらと照らし始めていた。早く夏が来ればいいと思う。暑くて、忙しくて、きっとあっという間に過ぎていく夏が。

第三章

水澄 2

2019 6

KAMAKURA BOYS

Sonohigurashi

材木座《ざいもくざ》海岸の海開きは、例年七月一日と決まっている。浜にはすでにさまざまな意匠の小屋が完成しかけていた。夏期営業の店が準備を始めたのか、店先に段ボールが積みあがっていたりもする。町がうずうず力を持ち始めるような時期のはずだが、それでも材木座に流れる空気はどことなくのんびりしている。この一帯は相変わらずだ。

「味噌汁《みそしる》の味が良くなったね。あんた今日の係かい。なかなか筋がいいよ」

「……ありがとうございます」

井戸屋敷のばあちゃんが豚とキャベツが入った豚汁《とんじる》風の味噌汁をすすって、職人みたいな顔をしてうなずいた。あえて湯通しせず脂《あぶら》を落とさないままの豚肉を使っているので、キャベツと絡むとコクがあって旨《うま》い。彼女は味噌汁の味に非常にうるさく、味がよくない時には「滋味《じみ》と雑味ってのは違うんだよ」とかなんとか説教をされる。

水泳をやっていた頃からは想像もできない。自分が一番だしと二番だしという用語の区別がつくようになる日が来るとすら思わなかった。

厨房《ちゅうぼう》の丸窓から外をのぞけば、流《りゅう》が手製のベンチにペンキを塗っていた。夏はここに座ってドリンクを飲んだりできるようにするらしい。ふらふらと現れた野良猫が乗ろうとするのを手を広げてブロックしている。

猫を見るとふと菜々美《ななみ》のことを思い出す。五月に遊びに行って一カ月以上、何が起こるわけでもなくいつも通りだ。ただここしばらく、何かしっくりこないと感じることが増えた。

「……おー」「……おー」と顔を合わせて、特に盛り上がるわけでもない会話をする。共通の話題は増えたはずなのになぜか、いつも以上に会話の接ぎ穂に困るようになった。

冷たくなったわけではない。避けられているわけでもない。

でも江《え》の島《しま》からの帰り道に感じた、この子とは手管《てくだ》や小細工なしで心地よく過ごせるかもしれないなという予感のようなものが、最近またなくなった気がする。そしてそれが何を意味するのかがわからない。

部活をやっていないので年上の同性の相談相手といったら流と統一郎《とういちろう》だが、ぽろりと「最近連絡がない」と言ってから、明らかに話題に出なくなった。どちらもベクトルは違えど人との距離をうまく取るタイプなので、イジってほしい時ほどイジってくれない。

「はー……」

「客の目の前ででっかいため息つくんじゃないよ」

冷蔵庫の扉を開けてその陰《かげ》でため息をついたらばあちゃんに怒られた。言うほど大きなため息でもないのになんでわかったんだろうか。

家に帰ると、母親がダイニングテーブルでニコニコと何かの書類をめくっていた。

「ただいま」

「お帰り水澄《みすみ》。ねえ見てこれ。お兄ちゃんが送ってきたの。今月の練習予定と、テレビに出る日」

「ふーん……」

兄が取り上げられた記事や録画のディスクは、日に日に新しい家のリビングに増えていく。夏は大きな大会が控えているから、きっとこれからも増えるだろう。大学生の練習に合流したり陸トレ合宿で基礎体力を底上げしたり。すべてにおいてプール水泳とは勝手の違うOWSだが、着実に力を伸ばしていた。オリンピックの代表選考自体はまだだが、国内に新たな有力選手が出てきていないことからも、ほぼ内定だろうといわれていた。

「今日は奮発していいお肉買っちゃった。お父さんが帰ってきたら焼くから待ってなさい」

「………ん」

母の声は穏やかでありつつも華やいでいた。次男である水澄が中間テストで気合いを振り絞ってそこそこの好成績を取ったこともあり、ここのところ家の空気はすこぶる和《なご》やかだ。さいきんなぜだか、それが少しカンにさわる。過剰な期待もされてないし、ふがいないとため息をつかれることもない。伸び悩みながら水泳をやっていた頃よりよほどラクなのにすんなりとこの生活に馴染《なじ》むのも癪《しゃく》だという奇妙な反発があった。派手なのが兄で堅実なのが弟、と役割を割り振られたような居心地の悪さがある。

自室のベッドに寝転んでスマホの電源ボタンを押した。

菜々美にラインしてみようかな、と思ってすぐにやめる。特には話すネタもない。しつこいとかうっとうしいとは思われたくないが、しかし何しているか気になる。でもまた返事が遅かったらいやだな、とだいたいこういう変遷《へんせん》をたどり、いつも連絡はやめてしまう。

そう思っているところに通知が鳴る。兄からだった。

『水澄ー。今度材木座海岸で遠泳の大会に出るよ。ゲストスイマーとして泳いでくれって頼まれた』

『そんなのあるんだ』

透明度が高く遠浅の材木座海岸は、遠泳の練習には向いているらしい。店の客として、トライアスロン愛好家が来ることもたまにある。

『市とスポーツ団体の共同開催で競技としては公式なもんじゃないけど。期間中はそっちにも泊まる』

兄がこの家に帰ってくる。引っ越してから一度も住んでいないので「帰ってくる」というのは正しくないが、それでも久しぶりに一家がそろうことになる。

『もしかして沙穂《さほ》さんとの話とかするの？』

『するかも。都合があったらあいつも呼ぶよ』

兄と彼女の交際は当たり前のように順調だった。年上の彼女をあまり待たせないため、また五輪の選考に集中するためにも、早めに籍だけでも入れてしまいたいと母相手に口にしているらしい。

『沙穂とならどこに行っても楽しい』いつだったか兄がそんな風に語っていたことを思い出した。あの時はただのノロケだと呆《あき》れて終わったが、最近になってそれは何かとんでもないことなんじゃないかと思うようになった。だって相手も同じように考えているから交際が続くわけで。どうしたらその、こっちとあっちの気持ちがぴったりと嚙《か》み合うような形に持っていけるんだろう。

『兄ちゃんって沙穂さんと喧嘩《けんか》とかしないの』

『するよ。めちゃくちゃする。するに決まってんじゃん、何年も付き合ってんだから』

自分で聞いたのにはあ、とまたしてもため息が出てしまった。つまりこの二人は、喧嘩をしても元に戻るのだ。話し合ったり謝ったり、簡単なようでやっぱりとんでもないことだと思う。人間というものはちゃんと歩み寄れるようにできている。自分がうまくできないだけで。

「井戸屋敷のおばあちゃんが回想録を書いたらしいんだよ。しかもデザインが美咲《みさき》ちゃん。これはね、いい本だよ。すごくいい本だ」

店長が力説しながら一冊の本を差し出したのは翌日のバイト中だった。地元の出版社によるもので、表紙のデザインは美咲が担当したらしい。鎌倉育ちのご長寿たちに故郷の思い出を語ってもらい編纂《へんさん》したもので、特に家族や恋人にまつわる思い出を聞いて回った、と帯に記してある。

江ノ電《えのでん》、大仏、鳩《はと》、表紙にあるのは定番のモチーフだが、なぜか鳩の数が異様に多い。もしかすると美咲は八幡宮《はちまんぐう》で餌《えさ》を買うと大群で襲ってくるあいつらの被害にあったことがあるんだろうか。

「美咲さんが前に言ってた本だ。できたんですね。よかった」

統一郎が感じ入ったようにしみじみしている。一冊あげるよ、と言われて受け取り、ぱらぱらとめくってみた。戦時下の江の電の車掌《しゃしょう》が好きだったけれど相手が出征《しゅっせい》して戦死してしまった話、お寺に嫁入りして苦労しながらも子や孫を育ててきた話と、確かに長く生きたものにしか語れない悲喜こもごもの人生模様が十本ほど並んでいた。

『浜辺に続く小道をカランコロンと下駄《げた》やサンダルを鳴らして人々が海に向かう。あの夏の夜のにぎわいを私は今でも思い出せる。ピンボール、アーチェリー、トランポリンにローラースケート。今の人には信じられないかもしれないが、昔海の家というのは大きな遊技場のようなもので、誰もが顔を輝かせて精力的に遊んでいた。だけど私は、それらを一つも経験したことのない、白皙《はくせき》の坊ちゃんに恋をしていた。別荘地だった材木座に療養のため訪れていた、製鉄所の跡取り息子。通いの家政婦としてひどく病弱な彼の世話をするうち、当たり前に惹《ひ》かれていった』

ばあちゃんの話は、そんな書き出しで始まっていた。なるほど、他人の恋バナにやたらと食いつく店長が感銘《かんめい》を受けるのもわからないではない。彼女の亡き夫は確かこの近所の時計店の主だったはずなので、つまりこの恋は叶っていないということになる。

「うちでも何冊か置くことにしたんだ。いや俺は感動したね。人に歴史ありだね」

「おばあちゃんの話、純愛ですよねえ。水澄くん、読んでみるといいよ。悲恋だけど泣けるよ」

湘南鎌倉《しょうなんかまくら》を愛する佐田《さだ》と二人、うんうんとうなずき合って盛り上がっている。

あの味噌汁奉行のばあさんが娘時代には保養地の坊ちゃんに報われぬ恋をしていたらしい。にわかには信じがたいが、興味がまったくないと言えば嘘《うそ》になる。

「水澄くんはさ、誰か好きな人いないの」

佐田に尋《たず》ねられ、本に目を落とす。誰かが誰かを好きになる話がいくつも並んでいた。当たり前のようでもあり特別なようでもある。

「いるような……気もします」

ぽそっと言った。今までさんざんネタにされてはきたものの、菜々美を「好きな人」として認めたのは、初めてのような気がした。

「え、いるんだ。誰？　学校の子？」

「前に言ってた幼馴染《おさななじ》みの子でしょ？　その後どうなってんの？　材木座まつりに来るのかと思ってたけど」

おっさん二人の目が年甲斐《としがい》もなく輝いた。

急に恥ずかしくなる。耳の先がジワリと熱くなって言葉が継げなくなった。

「……あがりの時間なんで失礼します」

「あ、逃げる気だ。あと五分あるよ水澄」

「……佐田さん。ケリーの散歩行っていいですか」

「ははは、悪いね。最近あんまりしっかり連れ出してやってないから長めに頼むよ」

エプロンを外してタイムカードを打って、そそくさと店を出る。待ってましたとばかり飛びついてくるケリーの散歩セットを手にして歩きだした。

浜辺にはまだ重機が入っているので、材木座商店街をL字に曲がった先、光明寺《こうみようじ》のあたりまでフラリと足を延ばしてみることにする。サーフショップやクラブハウスが並ぶあたりを、ぽてぽてと犬のペースに合わせて散歩した。空気は温《ぬる》いが、山からの心地よい風に吹かれて先ほどカッと耳のあたりに上った血はだいぶ下がったように思えた。

歩き疲れたケリーを結局は抱いて、山寺の奥に伸びる階段を上ってみた。時代を感じる大きな寺院の屋根と青々としげる緑、その奥に間近で見るよりきついカーブを描いた海が見える。湾《わん》の中に包まれるような形でウィンドサーフィンの帆が無数に散らばっていた。高いところから見るとこんな形の浜なんだ、と発見した気分で写真を撮り『山登った』と菜々美に送ってみる。何かネタがあると、連絡もしやすい。

『すごいきれい』

返事はすぐに返ってくる。だけど「今度行きたい」とかそういう一言がない。『光明寺。ここに来るまでにも猫見た』と打ったら『いいな〜』とだけまた、すぐに返ってきた。自分から言うべきなんだろうか。今度来ればいいよ、とか一緒に行こう、とか。もともと口下手なので言いたい一言がうまく言えない経験には慣れている。だけど今までのそれとは、何かが決定的に違う気がした。単に「うまく言えない」だけじゃなくて「失敗したくない」という気持ちが加わっているので、なおさらに正しい答えがつかめない。

「好きな人がいる気がする」

もう一度、今度は誰も聞いていない場所で、口にしてみた。口に出すとか誰かに聞かせるというのは不思議な行為だと思う。決して触れるとか目盛りがあって見えるとかそういうわけじゃないのに。「ああ、そこにあったのか」とばかり、ふわふわ漂うだけだった気持ちのありかを見つけたような、かすかな腑《ふ》に落ちた感がある。

木々の隙間《すきま》にしつらえられた小さな展望台の上で、ケリーが頭を伏せてくつろぎ始めた。もう歩く気はないらしい。海だと元気なのに山道は苦手なんだろうか。

「お前また太るぞ」

頭を撫《な》でると「すぴっ」と鼻から妙な音が鳴った。これは帰りも抱いてやらないと動かないな、と呆れつつ、腹のあたりをわしわしと揉《も》む。


校門前の植え込みの陰《かげ》に自転車を停め、座りこんで友達を待っていた。最近は放課後、仲のいい同級生と三人、七里《しちり》ケ浜《がはま》の駐車場に集まるのがお決まりになっている。防波堤に背をつけて座りこんで、小一時間ほどひたすらゲームだ。別に対戦自体はどこでもできるのになぜわざわざ西日のきつい夕方に浜まで行くのか、自分たちにもわからない。

「ねえ明日のカラオケななみん来ないの？」

「男子もいるし来ないんじゃない？」

ちょうど塀の陰になって見えないあたりで、聞き覚えのある声がした。菜々美と仲のいい石村《いしむら》と、よく一緒に行動している数人の女子。「ななみん」というのは菜々美のことだろう。どうやら本人はいないようだ……と思った瞬間。

「別にいいのにね、カラオケくらい」

「しょうがないよ。ななみんって山口《やまぐち》くんのこと好きじゃん？　まさか本気とは思わなかったけど」

「あれさぁ、相手があれじゃ無理だよね。いくらなんでも」

「うん。小学生の時にちょっと親切にしてもらったってだけでしょ？　厳しいと思う」

「諦《あきら》めついたら残念会しようか、スイーツビュッフェかなんかで。ななみんを励ます会」

「それ自分が行きたいだけでしょ。ななみんそういうの嫌いそう」

「大丈夫だよ『あー、うん』とか言いつつ喜んでくれるからたぶん」

「今のすっごい感じ出てた。似てる」

茶化しているようでもあるが、なんだかんだでグループのメンバーに愛されているようだ。いや、そうじゃない。それどころじゃない。

そろそろとその場を離れて自転車を押しながら少しだけ歩いた。ゆるい坂の下の踏み切りを江ノ電が横切っていく。「山口くんのこと好きじゃん？」という言葉が、それこそ電車が走り抜けるように頭のどこかをくぐっていった。

好き。菜々美が。俺を。

小学生の時からの知り合い。クラスメイトにも知られた「山口くん」。自分のことで間違いはないはずだ。本当に？

黄色と緑の江ノ電が通り過ぎると、初夏の日差しを浴びた海が陽光を反射してきらきらと光った。別に気持ちはこんな風に、パッと晴れているわけじゃない。むしろじわっとにじむように降り出す雨に近い気がした。ぱらぱらと降った雨が少しずつしみこむように、少したって実感が湧いてきた。

唐突《とうとつ》に、力いっぱい自転車でも漕《こ》ぎたい気分になったので『ごめん。ちょっとその辺走ってから行く。先にやってて』と友達にラインをする。海とは反対側、ホテルや家々がある高台へと続く坂をぐいぐいと上った。ワイシャツにじわりと汗がにじんでも足を止めずに、人気《ひとけ》のない住宅街を走る。

あたりを一周してから風を切るようなスピードで坂を下り、友達に合流した。

当たり前だが「なんで急に走ったんだ?」と思い切り不思議がられた。

その日はあれこれと考えたりいろいろしていて眠れなくて、翌朝バイトに遅刻しそうになった。慌《あわ》てて出勤したら、実にうっかりしたことに、今日はシフトが入っていなくて休みだった。店長の計らいで一時間だけ手伝ってカウンターでちょっとウトウトして、いつもよりものんびりとした足取りで学校に向かう。

始業まではずいぶん時間があり、教室に自分以外の姿はなかった。

やることもなかったので、店でもらってしまいっぱなしになっていた本を取り出して読んでみる。井戸屋敷のばあちゃんの、若かりし頃の悲恋というやつが書かれた回想録。

確かに、せつない話だった。

今だって鎌倉全域そうといえばそうだが、材木座はかつて、避暑と保養の町だった。海水浴が「潮湯治《しおとうじ》」なんて呼ばれていた大昔から。景気が上向きの時代には名だたる名家の別荘や大企業の保養所が並んでいた。ばあちゃんの実家は古い商店だったが、家が接収された関係で戦後は営業を続けられず、別荘のお手伝いさんをしていた。

病弱で笑顔の穏やかな、三つほど年下の青年の世話係を一年ほど続けたという。飽くほどの美食だってできる立場に違いないのに、うすい味噌汁やくったりとした蒸し物が好きで、そのせいか精はあまりつかず寝ついて本ばかり読んでいた。

ばあちゃんは味噌汁に具をしこたまぶち込んでみたり、女の細腕で寒さに震えながら海に潜ってこっそりとサザエやアワビを取って食わせたりと奔走《ほんそう》した。時には「坊ちゃんどうして食べないのですか」と声を荒らげた。すべては相手によくなってほしい一心だったが、それでも彼は笑いながら「ありがとう」と言って半分ほど食べては膳《ぜん》を下げてしまう。

のちに知るがこの坊ちゃんはただの病弱ではなかった。不治の病。言葉にすれば陳腐《ちんぷ》だがそういうことで、心身のどちらも、ものをたっぷり食べられるような状況にはなかった。

それでもばあちゃんの用意する飯が好きでどうにか半分食べる日々を送り、結局一年後に亡くなったという。「君は幸せなお嫁さんになるんだよ。どうか優しい人と連れ添ってほしい」と言い置いて。

家政婦の職を辞したばあちゃんはその後、幼馴染みの材木座の時計屋の男にプロポーズされて結婚した。そうするのが坊ちゃんの望みであったし、そうするのが正しい時代でもあった。もちろん相手のことは夫として立て夫婦仲は円満で、四十年以上連れ添った。しかしその夫が亡くなる時、言われたのだという。「あの時本当はお前、僕のほかに好きな男がいただろう。それでも愛しているよ。結婚してくれてありがとう」と。

そこからさらにいろいろあって、ばあちゃんは今「井戸屋敷」に戻って一人で暮らしている。宅地として分譲され、若夫婦が住むしゃれた家だらけになり、しかし相も変わらずどこかゆるやかな時間が流れる町で。

「……」

確かに悲恋といえば悲恋だ。ばあちゃんもそうだけど、別荘の坊ちゃんも、その後結婚した男にとっても。人生を総じて見れば幸せだったのかもしれないけど、欲しい人が最後まで手に入らなかったということになる。

「何読んでんの？」

誰もいないと思っていたのに、突然声がした。顔を上げると菜々美だった。

一気に現実に引き戻されたような気分になる。舌がうまく回らない。

「……えっと、本」

「……それは見ればわかる」

「……だよな」

机が整然とならぶ朝の教室に、ぽつぽつとした会話が響く。

「バイト先の常連のばあちゃんの話が載ってる」

「なんか、切ない顔してた」

「……切ない内容だった」

菜々美が入ってくるのも気づかないほど、すっかり感情移入していた。他人の恋を活字で読むだけなら、こんなに簡単なのに。ただ切なさに浸るだけでいいのに。自分の好きかもしれない相手が目の前にいると、どうしてこんなに何も言えなくなるんだろう。

「読む？」

「うん。かわいい本。鳩がいっぱい」

思い切って差し出してみると、菜々美はするりと手を伸ばす。「借りてもいい？」と聞かれたので「うん」と答えた、物を貸せたというだけで、なんとなく嬉《うれ》しかった。

「読んで返すね」

読んで返す。つまり次がある。その事実に背を押されたわけでもないが、切り出していた。

「あのさ、菜々美」

窓の外には七里ヶ浜の海が広がっている。もうすっかり見慣れてしまった風景で、でもなぜか今日に限って強く意識するのは、菜々美がいるからだろうか。朝日を受けて砂でもこぼしたように光る海。

「週末さ。俺のバイト先……来る、かなって」

ずっと「遊びに行くね」と言われていて、結局実現していなかった。今度こそ来てほしいと思い、自分の手元だけを見ながら切り出す。

「行く」

「そこでさ。話がある」

「……うん、私もある」

菜々美が言った時、ガラガラと扉が開いてクラスメイトが入ってきた。慌てて何もなかったような顔を作る。「あ、おはよー」と菜々美もそっちに体を向け、話はそこで終わる。

週末までなにをやっても落ち着かなかったが、出勤してしまえば「そのひぐらし」はいたっていつも通りだった。客入りは上々だったが、いつものように朝食がひと段落した頃にはぽっかりとヒマな時間ができる。

「最近思うんだけどさ。うちのトイレって殺風景だと思わない？　オシャレだけどシンプルすぎるというか」

「いや散々オシャレにしたいって言ってたじゃないですか。むしろあのトイレはこの店に残された最後の牙城のような気がするんですけど……あ、このちょっとだけ残った天かすもらって帰っていいですか」

　流と店長が在庫の数を数えながらそんな会話をしている。

「いいよー。なんかさぁ。最近もううちの店はこれでいいかもって思い始めてきたんだよね。洗練は大切だけど、まあそればっかり追わなくてもいいかなって」

「あー、やっと諦めついたんですね、つか遅くないですか」

　聞くでもなく聞きながら、葉野菜をボウルの水に浸していった。じっくりと芯まで水を吸わせ、使う時には数回に分けてきっちり水を切るのが、細胞まで生き還ったようなみずみずしいサラダをつくるコツだ。

「前に福岡行った時、飲食店オーナーの勉強会に出たんだけどね」

「……あちこちでいろんな集会出てますねぇ」

「そこで知り合ったダイニングバーの店長がさ、トイレの壁で旅日記を連載してるんだって。海や山の写真がキレイだって評判がいいらしい。うちでもやろうかな」

「いや目の前に海があるのにわざわざ？」

「うーん、あ、そうだ。小説書こうかな。おばあちゃんの回想録みたいな。せっかくだから湘南を舞台にした甘酸《あまず》っぱいやつを。文章とか一切書いたことないけど」

「マジかよ……なんて言うんだっけこういうの……四十路《よそじ》のナントカ？」

「いや、そんな言葉ないし、あと言っとくけど俺まだ三十五だからね」

作業しながら、ついつい時間ばかりを見てしまう。レトロな書体の数字が入った壁掛け時計は十時半をさしていた。菜々美が来るのはランチの終わりの一時半ごろのはずだ。

「水澄の学校にさあ、こうかわいらしいカップルみたいなのはいないわけ？　どうせなら思いっきりキラキラした青春小説を書きたい……水澄？」

「あ……はい、特にはいないです」

少女趣味な店長に上の空で返事をする。

「ていうか今日菜々美ちゃん来る日じゃん。それどころじゃないよなぁ」

仕込んだサラダや小鉢を冷蔵庫にしまっていると、流が小声で耳打ちした。「うるさいな」と言い返しながら再び時計を見るとほんの数分しかたっていない。時間の進みが遅く感じる。

菜々美は約束通りの時間にやってきてぺこっと頭をさげた。初めて来る場所のせいか若干《じゃっかん》の不愛想オーラが出ているが、流が「おー、いらっしゃい」とさりげない調子で壁際の席に案内してやるとすとんと座り、物珍しそうにきょろきょろしている。

「注文取ってこい。サラダ出したらあがっていいから」と言われたのでなんとなく緊張しながらタブレットを持って注文を取りに行った。

「……なんか食べる？」

声をかけると、ぼんやり窓の外を見ていた菜々美は顔を上げる。

「あ……うん。水澄何つくったの」

「味噌汁の出汁《だし》とって洋食のサラダ仕込んだ」

「出汁とかとるんだ……」

感心しながらメニューを眺めていた。ノースリーブのシャツとハイウエストのスカートを組み合わせて、五月に江の島で会った時よりさらに薄着になっている。少し伸びた前髪が細い束でふわりときれいに弧を描き、額に流されていた。なんとなくドキッとした。

菜々美が頼んだのはあっさりとした鶏《とり》ソテーに小さなパンケーキのついたランチプレートだった。あがりの時間だったので流にひきついでバックヤードで作業してから戻る。

「……お疲れ様」

「……うん」

「もう仕事終わり？」

「うん」

少したためらってから向かいに座った。

「いいお店だね。パンケーキ美味《おい》しかった。サラダもシャキシャキだったし」

「最初はパンケーキを売りにしたかったんだって。今は何でもアリになってるけど」

「へー」

自分のテリトリーに菜々美がいると思うと落ち着かない。それは菜々美も同じなのかソワソワしている。かと思えば突然、

「あ」

と何かに気づいたように顔を上げた。視線を追えば、壁の掲示板を流が貼り替えている。八月の末にこの浜で行われる遠泳大会のポスターが貼りだされたところだった。特別ゲストとして兄の写真も印刷されている。

「どうかした？」

「…………なんでもない。遠泳の大会があるんだね」

「うん。兄貴が出るって」

「そっか」

菜々美はまた少し黙ると、マリンカラーの大人びたバッグから本を取り出した。先日貸した鎌倉の恋物語のやつだ。

「これ返すね。すぐ読んじゃった。ちょっと泣きそうになった」

「あ、うん」

「ここのお店の常連さんって、材木座の家政婦さんのおばあちゃんでしょ？　すごいよね。初恋の人を何十年も忘れないって」

「うん……なんか旦那《だんな》さんがちょっとかわいそうだったけど」

「でも最後に愛してるって言ってたよ。ほかの人が好きな奥さんのことが、好きだったのかも」

　そういうこともあるんだろうか、と考えてしまう。亡くなってしまった相手を五十年想い続けることも、片付かない気持ちを抱えたままの女性を愛せる男性のことも、今の自分にはわかりようがない。そんな愛もあるのかな、とぼんやり思うだけだ。

「たった一年でも一生の大切な記憶なんだよね。たぶん」

　対して菜々美は、うっすらとではあっても何か理解のようなものを示している。幼馴染みの初めて見る顔だった。切なそうに小さく息をこぼして、窓の外に視線をやる。

「菜々美って好きなやつとか、いんの」

「いる。もう四年くらい、ずっと好きな人」

　誰？　と自分から聞いてしまおうか。そんな甘ったるい迷いが生まれた。

　正直にいえば、期待をしている。今なら一歩踏み出してもいいんじゃないか、と心が決まりかけた時、菜々美が言った。

「十歳くらい年上なんだけど」

「え？」

思わず間抜けな声が出た。十歳くらい年上？　俺じゃない。まずそう思った。

待てよ、と必死で頭を働かせようとした。しかし意味がわからない。あの日立ち聞きした「山口くんのこと好きじゃん？」という石村の言葉がよみがえる。何をどこで読み違えたんだろう。子供の頃から知ってて、クラスメイトにもよく知られた「山口くん」が別にいるんだろうか。中学の同級生？　それにしては歳《とし》が離れている。

「……そんな年上？」

「うん。話したこともほとんどない人」

「…………誰？」

「水澄はよく知ってる人だよ」

ますますわけがわからなかった。どこの誰だよ、と突っ込んで聞くには勇気が足りず、自分で推理するには情報が足りない……とそこで「あ」と一つの仮説が頭に浮かぶ。いやまさか。そんなはずはない。だけどたった今、菜々美は見ていたじゃないか「あの人」の顔を。思わず視線を吸い寄せられた、とでもいう感じで。

「ごめん。あの人」

それ以上言うな、と願うような気持ちだったが、無情にも菜々美は壁を指さす。そこにあるのは遠泳大会のポスターだった。

「山口選手」

わかっている。もう十分にわかった。自分でもたどり着いてしまった。

「私、水澄のお兄さんがずっと好きだった」

やっぱり、と思ったあとになんだよそれ、と疑問が湧く。そこから何もつながっていかない。なんだよそれ。なんだよそれ。なんだよそれ。と頭で同じ台詞《せりふ》がひたすら回る。

「……うちの兄貴……知り合いじゃなくない？」

「うん」

「知らないのに……？」

「うん。ずっと好きだった」

それは好きというよりは憧《あこが》れている、とかファンをやっている、とかそういう言い方になるんじゃないだろうか。だって実際には言葉一つ交わせるわけでもないし、そのきっかけだって特にはないはずなのに。

そこまで考え、極めつけに嫌なことに気づいてしまった。

「もしかして、さ」

直接の知り合いではない。ただ、知り合うきっかけならある。

同じクラスにほかならぬ、自分という弟がいるのだから。

「俺と高校で話したりとかしてたのって……兄貴と知り合いたいとか、それで？」

「…………それだけじゃないけど、でも、そう」

とどめを刺されたような気分だった。心臓をひと突きにされたような、とかいうのは決して大げさなたとえじゃないんだなと思う。

二人とも、何もしゃべらない。いつの間にかほかの客は帰っていて、自分たちだけになっていた。

ごく小さく音楽が流れるだけの店。その一角に響いたのは、確かに自分の声だった。

「……結婚すんだよ」

「え」

「兄貴今度、結婚する。学生時代からずっと付き合ってる、観光案内所のきれいな人と」

言わなくていい。絶対に言わなくていいことなのに止まらなかった。さっきまでのソワソワした気持ちが全部、苛立《いらだ》ちと情けなさに変換されている。

「だから無駄だよ」

菜々美の顔から色が消えた。窓の外はいつの間にか日がかげって曇天《どんてん》が落ちている。

「どれだけ好きでいたって無駄なんだよ！」

取り立てて大きな声ではない。しかしとうとう怒鳴ってしまった。ほかにどうしたらいいんだよ、と言い訳のように思う。最高に最低の気分だった。

菜々美が「ごめん」とだけつぶやいて、立ち上がった。財布から千円札を一枚引き抜いてテーブルに置き、唇を引き結んだまま店を出る。その顔を見た時、カッとなった気持ちが瞬時に冷えた。何やってんだ、と途端に後悔する。

「おい、追いかけたほうがいいぞ」

会話が聞こえていたのかいないのか、カウンターから流が言う。

それが正しいのかはわからないが体が動いていた。立ち止まってじっくり現実を見た瞬間、今よりも猛烈に後悔するのはわかっている。そっちのほうが嫌で、店を飛び出した。

右手に行けばバス停、左に行けば海だ。どっちに行った？

バス停に菜々美の姿はない。じゃあ海かと思って一気に坂を下りた。目を凝《こ》らしながら引き潮で広々とした浜を探す。どこにもいない。

くぎを打つ音にペンキのにおい、とんびの鳴き声、灰色の高い空。菜々美にメッセージを送った。

『ごめん。今どこ?』何も考えずに、たったそれだけ。返事を待つがスマホは鳴らない。空との境がおぼろになった乳白色の海に、ぱらぱらと雨が落ちる。桜貝のかけらでごくかすかに桃色がかったようにも見える浜が、すぐに黒っぽく染まった。

やっぱりバス通りの路地にでも入ったんだろうか。きびすを返して雨の中を走った。じっとりとTシャツが濡《ぬ》れて、息が切れる。水泳をやっていた頃だったらこのくらいは平気だった気がするのに。九品寺《くほんじ》のあたりをウロウロしても菜々美は見つからず、そのうちにバテてしまった。

濡れたまま家に帰ると両親が上機嫌でノートパソコンを覗《のぞ》き込んでいた。兄がまた記録でも出したのだろうか。テレビに取材されて有名レポーターに激励でもされたのだろうか。どっちにしても聞きたくない。今は特に。

「水澄、ごはんは」

「食べてきたからいらない」

荒々しく階段を上り、さっさと着替えてどすんと殊更《ことさら》に体重をかけベッドに倒れ込んだ。スマホを見てみても、菜々美からの返信はない。

「……あー」

ちゃんと謝るべきなんだろうな。とわかってはいる。最低だと思うからだ。いくら何でもひどいことを言いすぎた。

だけどそれとは別の次元で、俺だって傷ついたんだけど、という気持ちもないわけではない。確かに一度も、好きだとかなんだとか本人から匂わされたことはない。江の島で遊ぼうと誘われたけど、菜々美がそこに行きたがったのは、おそらくそこが兄に関わりの深い場所だからで。水澄の泳ぐ姿はかっこよかった、とも言われた。それだってもしかしたら、フォームが兄と似ているからかもしれない。やっぱり最悪だと思った。

リビングから、両親の笑い合う声が聞こえる。無言でタオルケットをかぶって、肘《ひじ》で思い切り布団を打つ。ドンと想像よりもずっと大きな音がして、単純に驚く。

両親の楽しそうな声がピタリとやみ、そこでどっと自己嫌悪が募った。


自分の腹が鳴る音で、ふて寝から目を覚ました。

時刻は真夜中を回っている。寝たのは夕方だから、八時間という理想的な時間睡眠をとった計算になる。どうせなら朝まで寝ていたかった。

心が痩《や》せようが弱ろうが、あるいはそういう状況だからこそなのか、腹というのは情け遠慮なく減るものだ。空腹ばかりが気になって眠れないし、昼間のことを思い出して一気に気分がどん底まで落ち込む。こんなことなら夕飯を食べてから寝ればよかったとも思うが、寝つく前の自分にそんな余裕はとてもなかった。両親を起こさないようにそっと階段を下り、台所の電気をつける。

炊飯器のタイマーは朝にセットされており、白飯にはありつけない。息子二人がスポーツをやっていた名残というやつなのか、もともとカップ麵《めん》やレトルト食品の類《たぐい》も買い置きはしない家で、しかし常備菜に手をつけると怒られそうだ。卵二つくらいなら使っても大丈夫かなと思い、数少ないレパートリーであるオムレツをつくることにした。ボウルに卵を割り入れ、切るようにして混ぜる。店ではきめ細かな仕上がりにするため、卵液を濾《こ》したものをきちんとつくり置いているし、オムレツ用に小さいフライパンや柔らかめのフライ返しを使う。しかしどうせ食べるのは自分だしどうでもいいやという気分になった。整理などつくはずもない気持ちをぶつけるように、マニュアルを無視して思いっきり、しかし親を起こさないように音だけは静かにかき混ぜてやる。塩コショウも牛乳も、目分量で入れてしまう。ハムとチーズもちょっとくらいならバレないだろうと思って、適当にちぎって突っ込んだ。そのまま何も考えずに熱したフライパンにバターを溶かし、一気に流し入れる。じゅう、と派手な音がした。空気が入りすぎたのか、案の定ぼこぼこと泡が立つ。バターも焦《こ》げる。ほどよい半熟のタイミングは一応わかるので形もほとんど整えずに皿に滑らせる。勢いのまま、立って食べた。熱い。チーズが伸びる。めちゃくちゃに旨かった。ハムの塩気と卵の甘味と濃い目の味つけで、心はともかく胃袋はとても喜んだ。恋が破れた真夜中に、なんだって無心でオムレツをつくってたった一人、薄暗いキッチンでやけ食いしているのだろうと思わないでもない。正直若干、自分が怖い。しかしとにかく、腹は満足したのでさっさと食器を洗い、歯を磨いてもう一度寝ることにする。今度は何も考えず、朝まで眠れそうだ。ほんの簡単なものでも、料理ができてよかったな、とぼんやり思った。

学校ではいつも通りだ。菜々美と挨拶《あいさつ》はしなくなった。だけど入学から四カ月近くたって、友達だって顔見知りだってそれなりに増えている。相変わらずチャリ通の友達はいないけど、もう裏道や近道だって知っている。何も困ってなんかいない。

もうすぐ夏休みだ。菜々美とも一カ月会わなくて済む。それでどうにかなるだろう。もうそう考えるしかなかった。

なのに。

下校時刻、駐輪場のトレックの前で、菜々美が待っていた。

緊張しているのかムスッとした顔だった。たぶん自分も似たような顔をしていると思う。

「……なに」

話しかける声は少しとがった。顔はあまり見ないようにした。見たくないのと同時に、見られたくないという気分でもある。

菜々美はいつものようにたっぷりと黙る。お互いに言葉が見つからない。

「ミルクラーメン食べない？」

「……」

何を言いだすのかと思えば、いきなり例の、挑戦的なメニューの名前が出てきた。

七里ヶ浜駅の近くにある「ふたご軒《けん》」は十人も入れば満杯になる小さなラーメン屋だ。試験期間で午前あがりの時など、ここで腹ごしらえをして帰るものもそれなりにいる。いつも割と混んでいるし広い店ではないので隣の客との距離はかなり近いが、豪快に振られる店主の中華鍋がジュージューと鳴っているので、他人にまで会話の内容は聞こえない。

ラーメンが来るより早く、壁にくっついた小さなテーブルの向かいで菜々美が言った。

「ごめん」

「なんで」

「……なんとなく」

「……だから、なんで」

意味が通っていないのに、そうとしか言えなかった。別に菜々美はひどいことはしていないのだ。好きな相手がいて、その弟と同じクラスになったから少し仲良くなろうと思って遊びに誘っただけ。……いやひどいといえばひどい。だけどやっぱり、それを責めてはいけない気がした。同時に、自分の対人偏差値の低さが嫌になる。ちゃんと聞けばよかった。何で江の島行きたいの、何で俺を誘うの……好きなヤツとかいないの。全部、きちんと言葉で確かめれば、こんなことにはならなかったのに。

「俺も、ごめん」

「……なんで」

「……いや、なんとなく」

オウム返しと堂々巡りの、ぶつ切りの会話だった。

これ話したところで何も前になんか進まないんじゃないのか、と早くも途方にくれはじめたところに、「お待たせしました」という声がする。

顔を上げると、湯気を上げるラーメンが来ていた。

白いスープに青々としたワカメがたっぷりとのっている。思い切って食べてみると、確かにちょっと洋風の味もして旨かった。そういえば菜々美と前に食べたのもラーメンだった。あの時は「何で水泳やめたの」という一言でなんとなく気まずい空気になったけど、でも口下手なりに頑張ってほんの少しであっても自分の思っていることを伝えた。あの日はすごく楽しくて、だからちょっとだけ、勘違いをした。それがいけなかっただけだ。

「いっこ聞いていい？」

「なに？」

「うちの兄貴、なんで好きなの」

日常的に会うわけでもない相手を四年も想える心境というのがどうしてもわからなかった。菜々美は麺をすくおうとしていた箸《はし》を止め、口を開く。

「小六の時に、ボランティア活動の時間あったじゃん？　水澄とは班が違ったと思うんだけど。私、水泳大会の雑用やった」

下を向くと、まつ毛の形がはっきりわかった。その気はないのに、見てしまった。

「表彰台で花束渡しておめでとうございますって言う仕事があって。渡したら『サンキュー！』って笑ってくれて。帰りがけにも『今日ありがとな』って言ってくれた。それだけ」

ああ勝ち目がないなあ、と諦めたような心持ちになる。四年前というと兄の成績は絶好調で、きっとぶっちぎりの一位だったはずだ。勝負に勝ったばかりの人間が見せる曇《くも》りのない「サンキュ」。表彰台のてっぺんでだけ振りまいて許される、何かその場のすべての承認を得たというような笑顔。それがどんなに魅力的か、いやというほど知っている。自分に縁がなかったからこそだ。自分はその時、ただの子供で、コーチを悩ませるいまいち伸びないスイマーだった。選手育成コースにはいたけど最上位クラスではなかったと思う。

「四年生の時に一緒だった水澄のお兄さんっていうのは知ってた。ずっと勝手に片思いして、雑誌読んだり試合見に行ったりして中学三年間ずっと好きで」

詳しくなんて聞きたくない。兄という、水澄に一番近く一番遠い相手を、菜々美がもっと遠くからひたすらに想っていたという話だ。しかし彼女は必死で言葉を継ぐ。

「水澄と江の島行ったのも、あそこが夏の大きい大会の会場だから。もしかしたら練習中のこととかちょっと聞けるかなって思って。でも行ってみたら普通に楽しかったし……水澄とは普通がいいなって思って、うまく言えないんだけど。本当に、あ、やめようこういうのって思って。でもどうしていいかわかんなかった」

いくつもつっかえて、言葉を探るようにしながら、それでも説明をやめない。胸の中にある気持ちが何分の一も正しい言葉にならない、あの感じ。自分も同じタイプだから、そのもどかしさはわかりすぎるほどわかる。よく似ているから、たぶん好きだったのだ。

「ほんと普通に、水澄と話したりしたいなって思ったんだけど……なんかラインとか、どう返していいのかわかんなくなっちゃって」

温め続けた恋心と、ちょっとした打算と、それらが連れてきた罪悪感と。もろもろが足を引っ張って「普通」でいられなくなった。そういうことなのかもしれなかった。

「……もういいや。伸びるし食お」

「うん」

俺、菜々美のことちょっと好きかなとか、思ってたんだけど。

言ってしまおうかと思った。だけどそれはたぶん、菜々美を今よりさらに傷つける。おそらく彼女だって、水澄の気持ちにはとっくに気づいているはずだ。

「兄貴のこと、まだ好き？」

「…………うん」

「全然見込みなくても？」

「うん」

聞いておいてなんだが、こういうところが菜々美だな、としみじみした。妙なところでまっすぐだから、こうやって答えを出してしまう。「あのさ、そういうとこだよ」といつかと同じように思う。だけど前回も今回も、それが別に嫌ではなかった。

「……あれ」

「なに？」

「……なんでもない」

混乱した。絶対におかしい。

たった今だ。「兄のことが好き」と言い切った菜々美の顔。

それを見て、あ、やっぱり好きかも。と思った。そしてそんな自分に、ぎょっとした。

え、なんで？　俺諦めないの？　とまるで他人事《ひとごと》のような感想を抱く。

なぜだろう。自分以外の男……よりにもよって兄を好いている相手だ。それはあまりにもおかしい。いやおかしくはないのかもしれない。井戸屋敷のばあちゃんの旦那さんは、初恋の男が忘れられない妻を四十年愛し続けたのだ。だからってまさかそんな。流あたりに聞かせたら「お前女の趣味悪くねえ？　キツすぎだろソレ」とか思いっきりツッコまれそうな気がする。

「……ええー……」

「水澄？」

「ごめん。なんでもない」

意味がわからないまま、ラーメンに思い切りコショウをぶっかけた。いっそめちゃくちゃな味にしてやれと思ったが、牛乳の甘さが引き立ってそれなりに旨かった。

第四章

流

2019 7

KAMAKURA BOYS

Sonohigurashi

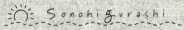

人生踏んだり蹴《け》ったりだよな。

と思いながら、石の階段に座り込んで波の様子を見ていた。稲村ヶ崎《いなむらがさき》の海は太陽の光を受けてヒスイ色に輝いている。あれには乗る、あれは見送る。化け物みたいにぬらっとせりだしては迫ってくる、観光地にはちょっと不つり合いなほどの大波をカウントしていった。海の様子はアプリが一応示してはくれるが、肉眼で見る一つ一つの波は全部違う。ちょっと砕けてるけどコンディションは悪くない。

「しばらくサーフィンはやめたほうがいいかもしれないね」

病院でそう言われたのは一週間ほど前だった。右肩の奥のほうにきしむような鈍い痛みがあり、気のせいで済ませようとしても消えないのでようやく受診したところ、関節が炎症を起こしていると言われた。

以来、恋焦《こ》がれるように、一三四の歩道から海を眺めるのが日課になっている。もはや海に心奪われていると言っても、ちょっと過言じゃなかった。鎌倉《かまくら》生まれの鎌倉育ち、海は家出てチャリで数分。当たり前に入れるもののはずだったのに。

「流《りゅう》じゃん、元気?」

海から上がった顔見知りのローカルサーファーがぺたぺたと足跡をつけながら岩場を渡ってきた。

「長谷《はせ》のショップ潰れてからあんまり顔出さないし心配してたんだよ。大会どうすんの」

「ちょっと肩痛めててさ。まあすぐ復帰するから……できないと困っし」

そうだ、復帰はできないと困る。中二から中三にかけて調子がよく、地元の有力選手に非公式の大会ではあるが勝った。それがきっかけで、働きながらプロを目指そうと、高校への進学をやめたのだ。ここ一年ほどガクンと調子が落ち込んでいるが、このまま先細りで終わるわけには絶対にいかなかった。稲村ヶ崎駅入口の信号を渡って去る知り合いを見送って、また海のほうを眺める。狭苦しい岩場と砂地がちょっとあるだけの浜。婆《ばあ》さんが言うには、昔は広々とした砂浜があったらしいが、ほんの二、三十年あまりのうちに波に浸食されて、なくなったのだという。波が陸を削るというのもすごい話だが、信じられないでもなかった。千葉あたりの豪気な波を相手にしてる連中に言ったら笑われるだろうが、ここの波にはたまに、神様がひっぱりあげてつくってるんじゃないかというような力を感じることがある。

「……まあ神様は俺には優しくないけど」

神様はたぶん波を起こしたり何だりに忙しくて、いちいちこっちに構っちゃいられないんだと思う。当たり前だ。この世に何億もいるんだから人間なんて。

ポケットの中にはくたびれた財布と、数万ぽっちの現金が入っている。二週間前まで

「そのひぐらし」と掛け持ちで勤務していたサーフショップの、最後の給料だった。国内工房でつくられた、日本人の体格に合わせた板だけを仕入れるこだわりの店だったが、こだわりがすぎたのか売り上げが不振であっさりと閉店した。店主の実家は農家なので「お前のことだけが心配だよ流、何かあったら頼ってくれ」と言い残し、跡取りとして帰郷していったが、その地元というのが九州で、何をどうやって頼れというのかと思わないでもない。

『誠に遺憾《いかん》だが、来期の営業は厳しいと判断した』
『最近調子悪いな。この分だとプロテスト受からないんじゃないの流』
『ごめんなー、この店閉めることにしたわ。家賃きつくて』
『流、また面接ダメだった。仕事決まらなくてごめんな』
『ヒロくんが……どうしたらいいのかな』

ここ一、二年あまりで自分にふっかかってきた大小の「そりゃねぇわ」という出来事がつらつらと頭を流れていく。

中卒で就職した観光ホテルが半年ほどで倒産した。サーフィンの調子がガタ落ちした。バイトしていたサーフショップも閉店した。父に職がない。弟がちょっと大変。

別に今日明日で何をどうにかしなきゃいけないような必要性に迫られてるわけじゃない

が、自分なりに描いていた人生の設計図は、それこそ波が巻かれて崩れるように元あった形をなくしている。後悔はしていないつもりだし、してるとしてもそれでメシは食えないのだから考えても仕方ない。

路上に停めてあった自転車にまたがってぐっとペダルを踏んだ。ギィ、と不服げにも聞こえるような音が鳴る。先輩からのもらい物を手入れして乗っているがそろそろ限界だった。畜生、生きていくって金がかかるな、と思わずため息をつきそうになる。

物心ついた時には大船《おおふな》の、一階に定食屋が入っている古ぼけたアパートに父と暮らしていた。母はいなかった。定食屋の主《あるじ》が気をもんであれこれと世話をしてくれて、いつの間にか実の子でもないのに「看板息子」みたいな扱いになっていた。

父が子供のいる女性と再婚し、アパートでは手狭すぎるからと遠縁に頭を下げ倒して今の家を借り、材木座《ざいもくざ》に移ってきたのが八歳の頃だ。

大船時代の知り合いと、今はほとんど会うこともない。ただ一人を除いては。

「おう流、相変わらず忙しそうだなぁ。女できたか？」

鎌倉駅前のスーパーで夕飯の買い物を終えて外に出たところで、黒部《くろべ》に見つかった。

昔アパートの下の定食屋によく来ていた素性《すじょう》の知れない男だ。店主はいつも彼にペコペコしていたしこの十年、常に羽振りがいい。短髪にポロシャツ、車だって窓のスモークが濃くはあるけど普通のワンボックスだ。決して見るからに危ない人間ではない。しかし偶然に結構な修羅場《しゅらば》を目撃したことがある。

あれは確か中学のクラス会か何かの帰り。市外の歓楽街のはずれの路上で、タトゥの入った若者五人を正座させて右から左にぶん殴っていた。殴られている当人たちは抵抗しないし、店から顔を出して成り行きを見守る店員も一切止めに入らない。そのことが行為自体よりよほど怖かった。右から左にぶん殴った五人を整列させ直して、今度は左から右に一列、鮮やかにひっぱたいた。そして言った。

「俺は両利きだから。飲み屋で騒ぐ猿は左右両方でしつけることにしてんだよ」

「本職」だという話は聞かないが、たぶん何か世の中の、上澄みか澱《おり》か、そういうものを栄養源に生きているのは確かだろう。この手の人間は、関係がない者にはたいてい優しい。会えば気安く挨拶《あいさつ》だけするという間柄が一歩進んで「関係」と呼べるものになった瞬間に、あっさりと事情なんて変わるはずだ。だから、つかず離れずでいることに決めていた。

「最近海出てねぇんだって？」

「まあ、いろいろとほかにも楽しいことが多くて」

これは別に嘘《うそ》ではなかった。海に入りたくて仕方ないのは事実だが、バイトがそれなりに楽しいのもまた事実で。それ以上に楽しくない事情がいろいろあるというだけだ。

「なんだ、お前も青春してんだなぁ。今度うちで働くか？」

「いやいいです。一応バイトしてるし」

「どっかのメシ屋だっけ。今度食いに行ってもいいか」

「サーセン。できれば出入り禁止で」

「なんだとてめぇ」

黒部は笑いながら軽くヘッドロックをかけた。

「まあ金に困ったら連絡しろよ。俺はこう見えてもお前、かわいがってんだからよ」

「はい、お達者で」

肩をすくめるような会釈だけを返して、さっさとその場を離れた。

学校に籍がなく男女問わず顔が広く、世慣れた顔してフラフラと働いていて、ついでに言えば金がない。自分で言うのもなんだが、こういう人間にはよかれ悪《あ》しかれの雑多な縁がつきまとうものだ。いくら羽振りがよかろうが絶対に憧《あこが》れてはいけない。悪い大人についてっちゃいけません。

夕飯の付け合わせは何にしようかな、と考えながら駐輪場から自転車を出した。

店長が懲《こ》りずに趣味で踏んでいるうどんの味が多少マシになったので何玉かもらってあ

る。なめこが安かったから茹《ゆ》でて散らして冷《ひ》やで食べようか。乾燥あおさがあったからサッと揚げて添えよう。観光客や学生で浮足立つ鎌倉駅前をすいすいと走り抜けながら、今日の献立《こんだて》を組み立てた。


他人と性格が合わないという感覚がわからない。

いつだったか水澄《みすみ》に言ったこの言葉は事実だ。好いて好かれて、嫌って嫌われて。ヤバい人には深入りしないで、適当にかわす。世の中そういう機微でできているものだけれど決定的な地雷さえ踏まなきゃ、素のままいってもだいたいの他人とうまくやれる気はしている。嫌われちゃったらその時だ。だけど。

たった一人、どうやって懐《ふところ》に入っていいのかわからないと感じる人間がいる。

それがまさかの、自分の弟だった。

「でさ。店長が『俺も小説とか自叙伝《じじょでん》とか書きたいなー』とか言って、なぜかトイレの貼り紙として小説連載を始めたわけよ。なんじゃそらって感じだよな」

つらつらと話しかけている相手は弟ではない。弟の部屋の引き戸だ。扉にはごく簡素だが内鍵がついており、必要がないかぎりは絶対に開かれない。確かに室内にはいるはずの弟は、トイレと風呂以外でほとんど部屋から出ないし中学校にも行っていなかった。

こうしてドアの前まで夕食を運んでやり、一日にあったことをだらだらと語るのが日課になっている。最初は「学校行かないのか」「どっか悪いなら病院行くか」と声をかけていたが、逆効果のような気もしてしつこく迫るのはやめた。

「……メシ食えよ」

うどんと天ぷらの夕飯を置き、そう言い残して、階段を下りる。ギシリとかなり不穏な音がした。最近、自分の右肩もそうだがいろんなものがギシギシ鳴っている。新旧様々な一般住宅と寺社が混在する材木座の三丁目あたり、この家が率直にいって一番ボロいと思う。引っ越した当初などは窓が割れてブルーシートがかかっていた。

「流。ヒロくんどうだった？」

ステンレスの流しにひび割れたタイル、生活感あふれる台所で、父がネギを刻んでいる。「特に変化なし」という状況の報告のためにゆるく首を振る。父はそっか、とだけ言って小さく肩を落とした。

十三歳の弟、「ヒロくん」こと博孝《ひろたか》は父の二人目の妻の連れ子である。つまり流とも父とも、血がつながっていない。しかし皮肉なようだが、性格的には父と博孝はよく似ている。優しく繊細だが、生きる力や運に乏《とぼ》しいところが特に。と言っては言いすぎだろうか。

「お兄ちゃん！　プチトマト食べたい」

「おー、四個残しといて、明日の朝使うから」

テーブルでは八歳の末っ子である亜矢美《あやみ》が箸《はし》を並べていた。母親の姿はない。流が二歳の頃に別れたという実母の樹里《じゅり》もそうだし、子連れ同士で再婚して亜矢美を産んだ後妻の早智子《さちこ》もすでにこの家の住人ではなかった。

複雑な家だが、今台所にいる面々は見た目だけなら非常によく似ている。まあ当たり前だ、この三人は血がつながっていて、流も亜矢美も、母は違えど父親似である。ここに母親似で少し毛色の違って見える博孝を加えた、父一人子三人の四人家族だった。特にはいさかいもなく和《なご》やかだった夕飯の食卓から真ん中の弟が消えてもうすぐ三カ月が経《た》つ。

しまい湯でさっと体を流して台所に行くと、父がぼんやりとテレビを見ていた。笑っていない時でも目じりにやわりと皺《しわ》の寄った柔和な顔立ち。古い言葉でいえば二枚目とか、たぶんそういう言葉がしっくりくると思う。流の母にも博孝と亜矢美の母にも、たいそう惚《ほ》れられたらしいが、しかしどちらの妻も優しいだけの男にはすぐ飽きて出て行った。樹里は飲み屋で再会して盛り上がった元彼、早智子に至ってはパート先の焼き肉屋の店長とデキたと聞いて「見たことないけど昼ドラかよ」と思った。

「ヒロくんさ。あんまり出ろ出ろ言うのもよくないんだろうなぁ」

「まあそーだろうな」

父子二人で夜中、ぽつぽつと弟の今後について話し合うというのもここ三カ月ほどのお決まりになっていた。

イジメとかハブりとか、そういうくっきりとした被害があるものではない。とは本人も担任も言っている。もともと気弱で幼く、クラスでは軽く「コスられがち」だった博孝だ。中学に入って急激にやかましくなったり、逆に大人びたりしていくクラスメイトたちと歩幅が合わず、一気においていかれたような形だろうと察しはつく。

「フリースクールとか頼んであげたほうがいいのかな」

「いや……どうだろ。それしちゃうと完全に登校拒否児ですって感じになりそうだよな」

話し合ったところで、具体的な知恵はない。何せ鎌倉の海沿い、裕福な級友も多く常日頃から肩身は狭かったが、流は基本的に学校が好きだった。成績は悲しいほど悪かったし別にそこまで切実に行きたいわけじゃないが、別の人生があったとしたら高校行ってたのかな、とはたまに考える。だからわからなかった。学校に行きたくないという気持ちが。

「もっと早いうちに、部屋から引っ張り出せばよかったのかなぁ。でもそれもかわいそうだし」

甘えるなと叱咤《しった》して家をたたき出すのは確かに簡単だっただろう。ただ、それをしていいのは血のつながった人間だけなのではないかと一筋の遠慮があった。

とりあえず学校から届くプリントはキッチリとやっており、勉強は大きくは遅れていない。ただこれ以上休むと取り戻すのが大変だろう。塾にやる経済的余裕はないから、どこかボランティアがやってるような勉強会くらいは探してやったほうがいいかもしれない。しかしそれを本人にどう提案すればいいものか、それがやっぱりわからない。

「そういえば流、最近サーフィンはしてるの」

「やってるような、やってないような」

働いていたサーフショップがつぶれた顚末《てんまつ》、また肩を痛めていることを、父には伝えていなかった。話すべきだろうかと一瞬考え、すぐにやめる。父もまた、タクシードライバーをやりつつ求職中だ。体もたいして強くないし一度ヘルニアをやっているので勤務時間はごく短く、心労がかかると一気に生気を失うタイプでもある。そのせいかサーフィン大会の結果を眺めては「流はすごいなあ」といつも感心していた。だから言えない。

「ごめんな流。お父さんの仕事が決まればずっとサーフィンさせてやれるのに」

「いいよ。親父に女運と仕事運ないのは知ってってからさ」

どぎつい冗談だが、しかしこれが言えるのは実の親子だからだ。言えない仲よりはいくらかマシである。

「お父さんも次の面接は頑張るよ。ヒロくんにも亜矢美にも、まだまだお金かかるし」

すでに自分は「金がかかる側」ではなく「金を稼ぐ側」になっている。

それに対しては特に思うところはなかった。これはきょうだい達には一生言うつもりのないことだが、二番目の母早智子は離婚の際、「同性の子供がいてくれると頼りになるしまだ小さいから」という理由で亜矢美だけを連れていきたがったのだ。父と流は二人でそれを拒んだ。一人目の夫との息子を二人目の夫のところに置いていった挙句、下の娘だけを義父のもとに連れていく？　そんな勝手を死んだって許すかと子供心に思った。

自分はまだ十三歳かそこらだったが、家からこれ以上誰かがいなくなるのが嫌で必死だった。思えばあの時、与えられる側から与える側になる覚悟みたいなものがうっすらとできたような気がする。

家族の朝食を用意して片付けは父に任せ、バイトに行く。

「そのひぐらし」は今日もそれなりに盛況だった。最近変わったことといえば、コーギー犬のケリーがダイエットに成功して少し瘦《や》せた。反するように飼い主の佐田《さだ》が太った。散歩係だった水澄も仕事に慣れて、多少は客への愛想《あいそ》がよくなった。普段はテーブルとして使っている麻雀《マージャン》ゲームに、店長と佐田が百円玉をつぎつぎ投入しながら盛り上がっている。相変わらずの「計算されてない雑然」といった趣《おもむき》、昨日までと同じようにのんびりと営業が終わる。

「あ、流、トイレにこれ貼っといて」

店長から手渡されたのは、トイレの貼り紙として連載している小説……というか小話である。鎌倉《かまくら》高校前の坂で思い余って告白した男子高生が女子高生にフラれていた。

「ん？　でもこれこないだの回と展開まったく同じですよね」

「うん、続きの展開が思いつかないから、同じ展開ループさせることにしたんだ。なんだっけな？　そういう世界から出ていけなくなるみたいな映画あったよね。バタフライ・エフェクトだっけ。流観たことある？」

「……あれは確か、出ていけないんじゃなくて過去を変えたくて何回も時を遡《さかのぼ》るとかそういう話だったような」

「そうだっけ。まあいいや。あっ、告白が成功するまで無限ループを出られないことにしよう」

「うわなんだそれ地獄《じごく》じゃん。……ていうかいい加減っすねぇ」

相変わらず、つきつきと思い出したように痛む肩を少しかばいながら、食材のケースやら椅子《いす》やらを片付ける。今日は干物定食がよく出た。まさに通り一本隔てただけのところにある鮮魚店の店先で干されていたものだ。

ちょっと手が空いたのでスマホを覗《のぞ》く。画面にヒビが入ったままの型落ちモデルの画面をちょっとしたコツを駆使してなぞると、ＳＮＳでサーフィン大会の結果が流れてきた。イラッとしたので指でさっさと画面の外に追いやる。少し迷ったが「そのひぐらし」「カレー」で検索してみた。春からちまちまと試作を繰り返している「朝カレー」を最近、試験的に店で出すようになった。まだまだ味には改善の余地があるが、とりあえず店での感触としては悪くない。しかしネットには美味《おい》しいともまずいとも書き込みはなかったので、ほっとしたような物足りないような気持ちで画面を閉じた。

「店長、明日もカレーつくります？　もうちょっと辛いバージョンもつくろうかなとか思ってんですけど」

「そうだねぇ。でも朝から辛いのってどうなんだろう。目は覚めるけど、胃腸に優しくなさそう」

「朝から辛いもん食べたい日もあると思うんですよねぇ。嫌なことがあった時とか気合いがいる時とか」

「こないだ統一郎《とういちろう》もそんなこと言ってたよ。大学のそばに失恋に効くカレー屋があるんだってさ。何かの壁にぶち当たると辛いもん食べるのって流行ってんの？　あ、まさか流も失恋？」

「イヤまじでない。恋愛どころじゃねえっすわ。俺、大黒柱なんで」

その言葉はリアルな響きを含んでいた。人に言うようなことでもないが、恋には割と嫌な思い出がある。母二人が浮気の末に逃げたからというだけではなく、自分自身の経験としても。はっきりいえばトラウマだ。しかしトラウマでメシは食えないので今はそれどころではない。最近この「××ではメシは食えない」というのが心の中で口癖になりつつある。

看板を片付けようと外に出たら「あ、流ー！」と声をかけられた。

この間作ったベンチ（結局猫に乗られてうっすらと足跡がついた）で、見知った女子の二人連れが仲良くレモネードを飲んでいた。中学の同級生で今でもたまにフラリと遊びに来る。どちらもダボッとしたワンピースを着ていて、丸い肩があらわになっていた。

「おー、理央《りお》と葵《あおい》じゃん。何してんの」

「レモネード飲んでんの。さっき声かけようと思ったんだけど厨房《ちゅうぼう》にいたから」

「ねえ彼女できた？　花火大会誰と行くの」

「いねぇいねぇ。忙しいんだよ俺は。つーかなんでどいつもこいつも口を開けば『恋してないの』とか『女できたか』とか言うんだ」

「えー、だって夏だよ。もったいない。もうずっといないじゃん。誰か紹介してあげよっか」

「いらんて」

そろいのビーチサンダルをプラプラさせながら楽しそうにはしゃいでいる姿を見て、さっき思い出しかけた「トラウマ」がよみがえった。そういえばあいつ何してんだろうな、とよせばいいのに聞いてしまう。

「なー、ルリって元気？」

「さいきん絡んでないけど元気だよー。何、会いたいの？」

「いや別に」

店長に聞かれた時には言わなかったが、中二の頃、ごく当たり前に恋をしていた。ルリというクラスメイトと付き合う半歩手前くらいまでいって、中学生らしいこともらしくないことも、まあひと通りコチャコチャとやって。

結論だけを言えば自宅を見られ、そのボロさにドン引きされてフラれた。

崩れかけた家に住んでる男を、女は好きにならない。

十四歳にして嫌というほど思い知った。そのあたりから特に強く、サーフィンの腕を上げてそれで生きていきたいと思うようになった。やだなこんなとこで恋愛の影響受けちゃって、俺って意外と恋愛体質かよ。母親似か？　うわゾッとしねぇ。心中でぼやきが漏《も》れる。

「3Cの子とは今でも遊ぶんだよー。たまには来ればいいのに」

「やだよお前ら酒飲むじゃん、未成年のクセして」

「なにそのキャラ。どしたの流」

きゃははは、と面白い冗談でも聞いたように笑われたが、こっちは大真面目だった。

実母は飲み屋で再会した男と浮気した末に本気になったし、数年一緒に暮らした継母《ままはは》も癖こそ悪くないが静かに深酒するタイプで、朝に起きてこないことが度々《たびたび》あった。どんなに時給がよくても酒類を出す店で働かないのはそのせいでもある。

「だめだって葵。流は軽いようで重いから。だいぶ重いから」

「……なんだそれ。人を軽いとか重いとかさ、失礼じゃね」

「軽い」というのも「実は重い」というのもめちゃくちゃに嫌だった。どっちにしたって厄介《やっかい》じゃないかという気になるし、まだ「重いようで軽い」ほうがマシではないかと思う。

店閉めるからテキトーなところで帰れよ、と言い残して店内に戻ると、水澄がレジの金を数えながら物憂《ものう》げにため息をついている。彼の高校ももうすぐ終業式だ。おそらく菜々《なな》美《み》ちゃんとはしっかり話したりはしないまま、休みに突入するだろう。

流が成り行きで目にしてしまった「あの一件」以降、自分から彼女の話はしなくなり、淡々《たんたん》と働いている。もちろんこっちからも触れたりなんかはしない。家のボロさに引かれてフラれるのと、兄が好きだからとフラれるの、果たしてどっちがマシだろうか。と一瞬考えたが、あまりにも不毛すぎるのでやめた。

「あれ、店長は？」

「なんか電話が来て上行った……店長って普段二階で何してんだろう」

「さあ。うどん踏みながら小説書いてんじゃねぇの」

「でもその割には静かだしたまに奇声が聞こえる……ダメだー！　とか」

「……あふれでる創作意欲と戦ってんじゃね？　ていうかあの人ナゾ多いんだよな」

店長のくわしい経歴について、実際よくは知らない。学生時代から人材派遣やら映像制作やら、あれこれと事業をやっていたらしく確かにネットで検索すればそれらしい名残は出てくるのだ。過去のイベントの主催者や会社の初代代表という形で。しかし今何をやってるのかはよくわからない。

「こんにちは」

「おー」

片付けが一段落したあたりで、統一郎が顔を出した。大学は早々と休みに入り、あちこちの浜でライフセーバーをやりつつここのバイトの日数も増やし、生真面目に日々を過ごしていた。今日もいつものように、窓際の席で資格試験のテキストをめくり始める。

自分もたまったラインの返信でもするかと思い、再度スマホを手に取る。割のいい単発バイトにいくつか申し込んでおいたのだが、求人アプリは人気のものはとっくに定員オーバーだという旨《むね》を告げてきた。どいつもこいつも夏を前にして金を欲している。

やれやれと思って顔を上げると、同じように熱心にスマホをのぞき込んでいたらしい水澄と、ふと目が合った。手元にあるのは字幕がついた水泳選手の映像、何かの解説動画だろうか。

「何、お前また水泳やんの。もう未練ないのかと思ってた」

「……見ないでよ。もう選手にはならない」

眉間《みけん》にきゅっと皺を寄せて嫌そうな顔をされた。せっかくギシギシ痛まない肩があるなら泳げばいいのに、とは思うが一応、デキる兄への複雑な気持ちもろもろを知っているので余計なことは言わないでおく。

「あのさ、流、と統一郎も」

水澄がカタンとスマホを置き、言葉を探すようにいっときロをつぐんでから言った。

「水泳教えてくんない？」

「は？」

意外な一言だった。彼は言うまでもなくオリンピック選手候補の弟であり、クラブ所属の選手だったはずだ。自分の助言など必要とするはずがない。

「俺、あの大会に出たい。ここの浜でやるやつ」

マジか、と思った。兄が出る遠泳大会に、よりにもよって。

統一郎と思わず顔を見合わせる。

「あの大会って月末だっけ。ブランクあるのに仕上がるかな」

「そーだよ。いくら材木座の海が穏やかって言ってもさ、お前遠泳の経験ないだろ。さすがに勝つのは厳しいよ」

「別に結果はどうでもいいんだ。泳ぎきれれば」

「いやお前、それってさぁ……」

わざわざ兄と一緒に泳いで負けに行かなくても。喉元《のどもと》まで出た言葉はさすがにどうかと思って飲み込み、とりあえず不思議に思ったことを聞いた。

「でもそれなら別に教える必要ないじゃん。お前元選手だし。いくら俺らが地元民だからっていっても」

そこで水澄は、一瞬目を伏せる。言いづらそうにボソッとつぶやいた。

「俺、海で泳いだことない」

「は？」

またしても統一郎と二人、思い切り怪訝《けげん》な顔になる。前にもこんなやり取りがあったような気がする。確かあの時は「江《え》の島《しま》に行ったことがない」だった。こいつもなかなか、未経験の物事が多い人生だ。

「一回も？　横浜《よこはま》でも？　こっちに引っ越してきても？」

「うん。オヤは兄貴のサポートで忙しかったから、海水浴とかしなかったし」

「はぁー……」

思わずよくわからないため息を漏らしてしまう。子供の頃から海辺にいた日のほうが多いような気がする流にしてみれば、なかなかすんなりとは想像しづらい身の上だった。

「そんなに驚かなくても」

「いや別に驚いてねーよ。逆に感心してる。人は海を避けても生きられるんだな」

「……バカにしてるだろ」

「してないって」

水澄はムッとした顔のまま、しかしすでに決めたことのように続けた。

「とりあえず海でちゃんと長く泳げるようになりたい。ロングディスタンスやったことないから」

「だったら一キロ泳にしておいたらどうだろう。それなら二百メートルを五本って感覚で練習できるし」

水泳を習った経験のある統一郎がそう提案する。水澄の返事は早かった。

「それじゃ意味がないんだ」

はっきりとした声だった。あくまで兄と同じコースで兄と一緒に三キロ泳ぐから意味がある、ということらしい。三キロ泳ぎきったら、大差がついてもいいんだろうか？　一度恋愛で負けてる相手にさらに負けて、何かを吹っきろうってつもりなんだろうか？　なんだってまた、前向きなのか後ろ向きなのかわからないことを。

正直夏はこの店の稼ぎ時でもあるし肩だって痛い。心身にそこまでの余裕はない。しかし食い入るようなまなざしを前にして嫌とも言えず「あー」と首すじをさすった。

『弟』というのも家によっていろいろなんだな。

博孝の部屋へと続く階段をきしませながらそんなことを考えていた。思えば八歳の時、弟として流の前に現れた四歳の博孝は初対面からモジモジと縮こまっていた。特に邪険にもせずそれなりに仲良くしたたし、神社やら駄菓子屋やらに連れまわしたが、男児の四つ違いというのはそうそう対等には遊べないもので、キャッチボールもできない弟とはそのうち別行動が当たり前になった。

それでも兄ちゃん兄ちゃんと自然な調子で慕ってくれていたとは思うし、亜矢美の世話だって一緒に手伝った。難しい年頃に母親がいないというのは、まあ自分もそうではあったがやっぱり、キツい。ただ代わりはできなくても顔を見て話くらいはしたい。

しかし今日も徹底的に避けられているので、ドアに向かって話しかけていた。

「でさ、そいつ、海で泳いだことないんだって。そんなことあんのかって思うだろ？　でもマジなんだってさ。プールのほうの選手だったのに」

運んできた夕食はトマトとチーズとツナを適当に味つけして加熱したぶっかけ飯だ。手抜きではあるが、博孝の昔からの好物だった。一応スープもついている。

「あとさ。店長が書いた小説。オチに困ってんのか、毎回同じになったんだよ。ＳＦみたいに日常がひたすらループしてる。でもどうやって話終わらせる気なんだろうな」

扉の先の四畳ほどの和室はひっそりと静まっている。気配はするので起きてはいるのだろう。こんなことをして何になるのかと思うが、力ずくで突入するわけにもいかないし大体ドアを壊しても、この家には修理費がない。さっさと飯だけ置いていってほしいと、たぶん博孝本人だって思っている。ただ誰の肉声も聞かない日というのを自分の弟が過ごすというのが嫌でやっているだけだ。これだって自己満足なのかもしれない。

右肩が痛む。最近はやたらずっと、何かの限界でも訴えるみたいに痛んでいる。

「お兄ちゃん、ちー兄、出てこないの？」

この調子だと終業式は行けないだろうな、と思いながら一階に下りると、亜矢美が心配そうに尋《たず》ねてきた。手のひらにすっぽり収まりそうな小さな頭を、わしわしと撫《な》でる。

「大丈夫だよ、お前は心配しなくて。たぶんあいつなりに考えてるよ」

「うん。見て！　サマーキャンプのしおり。亜矢美が書いた絵、表紙にしてもらった」

「おー、よかったな。かわいいかわいい」

「キャンプ代、いつまでだっけ？　忘れてた」

父の顔がにわかに曇《くも》る。せめてこのくらいは行かせてやりたいと申し込んだ子供会の格安キャンプ、確か一人三食つき三五〇〇円。あと父の腰の鍼《はり》治療代と、就活用のスーツと交通費。ざっと頭で計算する。サーフショップの最後の給料が消えるがギリギリでどうにかなる。自分の自転車の修理代もあるから、肩の病院は先送りだ。まあ今月はそれなりにシフト入ってるし、来月には多少余裕が……できるはずだ。たぶん。

「大丈夫だよ。明日振り込んでくっから」

ああもう、なんだよ、俺一人で苦労しまくりじゃん？　とうっかり思いそうになるのを、とどめるために立ち上がって手を洗う。

くすんだ色の蛇口《じゃぐち》から出る水はぬるかった。ごぼ、と奥のほうで詰まったような音がする。おいまさか水道まで壊れないだろうな、と本気で心配になった。


目の前でゲホゲホとせき込みながら、裸の背中が上下していた。

日暮れ前の片瀬《かたせ》の東海岸。一応まだ世間は夏休み前だが海水浴客は多く、呼び込みの声やらここ限定のラジオ番組やらが響き渡っていてなかなかの盛況だ。江の島のシーキャンドルがくっきりと見える。うずたかく浮き輪の積まれたウッドデッキ付きの海の家に「俺んちよりよっぽどきれいだな」とか切ないことをつい考えた。

「……うぇ……しょっぱい…」

飲んだ海水を必死で吐き出しているのは水澄だった。統一郎がその背をさすり、ミネラルウォーターのボトルを差し出している。周囲が浮き輪に乗って楽しく水しぶきを上げているとのは明らかに空気が違う。遊びではなく一応は泳ぎの練習なので仕方ない。

「喉が焼ける……」

端的に言えば、水澄は海で泳ぐほうにはまったく才能がなかった。波に巻き込まれてよろよろと上がってきて、そのまま砂の上にへたりこむ、ということを何度か繰り返している。

老若男女《ろうにゃくなんにょ》が集《つど》う海水浴場のイメージが強いが、江の島周辺の夕方の波は、時に巻きと引きが強く身一つで挑むと意外に「持ってかれる」。体幹を鍛えた水泳選手であっても、波をやりすごしかいくぐるようにうまく泳ぐことが要求される。

しっかりと「野生の海《ラフウォーター》」の洗礼を受けたような形だ。

あたりの波に詳しいライフセーバーの統一郎はそれを知って「まず波の穏やかな材木座で練習すれば」と提案したが、水澄本人が「最初はここがいい」と強固にここを希望した。兄がゲストスイマーではなく選手として戦場にしている浜だからだろう。ますますもってこいつがよくわからない。水泳はやめたのに、絶対に勝てないのに、どうにかして兄に近づこうとする。もちろん菜々美ちゃんの件だってあるだろうが、やることとしておかしくないかという気がした。なんでちゃんと彼女のほうと向き合わない？　とはさすがに余計なお世話なので聞けないが。

「今日はやめとく？　もう少し穏やかな時間を狙ったほうがいいかもしれない」

「平気だから。どうしたらいいのか教えて」

「一度思いっきり正面に向かって顔上げる練習したほうがいいかも。しっかり前を見ないと波の様子がわからないから。プールの泳法が身につきすぎて邪魔になってるんだと思う」

昔ボーイスカウトのリーダーだったという統一郎は、野外での泳ぎ方を教えるのがうまかった。ボランティアを終えたばかりで疲れているだろうに嫌な顔一つしていない。

ふと、彼に引きこもりの弟がいたとしたらうまく部屋から出すのかな、と考えてしまった。いやそもそも統一郎に弟がいたとしたって引きこもりになんかならないだろう。そういう人間はいる。厄介ごとのほうが申し訳なさそうに「あ、すみません」と避けていくような人生。

「……」

対して水澄のほうは、言葉もなくムッとしている。悪気がないことはわかる。フィールドが変わってうまく泳げない自分をまだ、受け入れられないだけだろう。彼はもともと口先だけでは礼を言わないし謝らない。ヘラっと笑って「大丈夫大丈夫」と言ってまた前を向くとかそういう小器用ができない……わかっている。こいつはこういう奴だ。

しかし今日に限っては、いらついた。

「なんかもっと、ちゃんとした返事とかないわけ？　一応人にもの教わってんだから」

「流こそ、そんな言い方しなくてもいいだろ」

小さいが反発のにじんだ声で言い返された。それにも妙に心がざわつく。心のどこかで

「ああ博孝にもこのくらいの強気があればなぁ」と思ってしまった。そんな風に「よその弟」と比べている自分が嫌だった。苛立《いらだ》ちがじわりとさらに膨れ上がる。

「お前が頼んだんだろ？　俺らだって忙しいのに」

「……迷惑だったら、帰ってくれていい」

「呼んどいてそれはねーだろ。俺はお前ほど気楽な立場じゃねーんだよ」

そうだ。負けるとわかってる試合に出る奴にものを教えているほど暇じゃない。

「……バイトのあとずっと店にいるから、時間あるのかと思ってた、流」

「あ？　もう一回言ってみ、おい」

何気ない一言だが、一気に頭に血が上った。

バイトのあと店にいるのは肩が痛くてサーフィンができないから。かけもちのバイト先がつぶれたから。家にネット環境を整える金がないから。それに新しいメニューをつくってるからだ。正直に言えば、引きこもりの弟の気配を感じる家に帰るのが少し億劫《おっくう》だという気持ちもある。それら事情の細部までを水澄は知らない。

知らない奴に言われたからこそ、気に障《さわ》った。

思い切り声をとがらせて一歩詰めよってから気づく。

いやこれ、相手にしてみりゃすげー理不尽な怒りじゃん？

「流。今日は帰ったほうがいいよ」

統一郎が割って入り、静かに言った。視線がこちらに向いている。怒っているわけでも睨《にら》んでいるわけでもなく、ただじっと右肩を観察されていた。

「右肩、痛めるか何かしてない？　泳ぐ時かばってるよね。無理しないほうがいい」

落ち着いた口調で指摘され、鋭いなと思った。さっきからずっと、波を受けるだけでじわじわと痛んでいる。見透かされた居心地の悪さと、八つ当たり交じりにすごんだ後悔がそこでどっと押し寄せてきた。

「悪い」とだけ言って踵《きびす》を返し、荷物を手にして浜をあとにする。

水着姿で行き来する海水浴客に交じって、路上販売やナンパで騒々しい一三四を顔を伏せて歩いた。

感情をコントロールできなかったのは、久しぶりの経験だった。

何もかも嫌になったことくらい、流にだってある。一応お年頃というやつだし当然だ。ただ自分の場合は引きこもらずに暴れた。

十五の時に、たった一度だけ。きっかけは忘れた。

父は立ち向かってくることはなく「苦労かけてごめん」と泣きながら謝った。その時にあっさりわかってしまった。もう事実上、この家で一番強いのって俺なんだよな、と。

思えば家財道具すべてを叩き壊す勢いで暴れた時、亜矢美と博孝は家にいなかった。自分は無意識で、小さな二人がいない時間を選んで暴れたのだと思う。つくづく、他人が絡む人間関係において、自分はカンがいい。

「はぁ……」

照りつける日差しはきついが、腰越《こしごえ》の漁港あたりまで歩こうかな、と思った。大丈夫だ。あとで水澄には謝っておこう。不器用な奴だがたぶん根に持つタイプじゃない。

歓声やラジオの声や車の音に交じって、波のくだける音がいくつも響いている。力いっぱい真っ白にはじけているので乗れたような状態じゃない。けどターンの練習くらいならできるだろうか。無性に、そこに突っ込んで波を追いかけたかった。慣れと経験、自分のカンを信じる気持ちと、一瞬後の波の形というどうしようもない運の要素。食らいつく根性と力を抜く判断。そういうのが全部一緒くたになってがっちりと長々と波をとらえる、あの一瞬が恋しい。

結局そのあとすぐ、『さっきごめん。だいぶ泳げるようになった』と水澄のほうからメッセージが来た。『よかったな。俺も言いすぎたわ』と返すと『肩平気?』ときたので、実際には平気でもないが『平気』と返しておく。ささやかな諍《いさか》いはそれで終わった。

翌日「そのひぐらし」のトイレを掃除しようとしたら、店長の貼り紙小説が更新されていた。相変わらず、手を変え品を変え告白しても女子高生はうんとは言わず地獄のループが続いている。

「店長、あの小説いつまで同じ展開ぐるぐるするんですか?」

「いや、オチが相変わらず出てこなくてさ。あれからずっと考えてんだけど、失敗作ばかりが部屋に積みあがるね」

「文豪かよ……ますますいいご身分っすね」

小説ねえ。自分のほうがよっぽど絵空事に逃げたいよ。という気持ちになる。

「いつもの日常をちょっと変えて告白を成功させて違うルートに入ってハッピーエンドってだけなんだけどなあ。気の利いた結末って思いつかないもんだなぁ」

「いや、そりゃそうでしょーよ。普通はオチまで考えてから書くもんだと思います」

そういえばこの店の始まりもかなりの見切り発車だったたな、と一年ほど前を思い出す。洗練されたモーニングと気の利いたディナーを両方やるはずがまさかのシェフ退職、朝食限定に方向転換。

すぐに金のことが頭をちらつく最近のクセで、つい経営について考えた。

売り上げは把握《はあく》しているし大赤字ではないが、人件費は三人分キッチリ発生しているし利益としては大人一人が節制して暮らすのがやっと、というラインじゃないかと思う。

一応は近所住まいなので、店の権利者である爺《じい》さんも知っている。今は娘だか息子だかのところにいる九十過ぎの無口なご隠居。長年の思い出のつまった家への思い入れは深く、改装はかまわないがいくら金を積まれても売らないと、昔から言い張っていた。つまり、決して安くはない家賃もかかっているはずで。

「店長」

「何？」

「いえ、なんでもないです」

この店大丈夫ですか、儲《もう》かってますかとはさすがに聞けなかった。俺、ここで働いてていいんですかね、などとはもっと聞けない。

聞いてダメと言われたら、それこそどうしたらいいのかわからなくなる。統一郎と水澄は学生だし、たぶん俺が抜けたら店は回らない。辞めるなんて言いだせなかった。

何より、自分はこのバイト先が気に入っている。家から近いし大きなホテルやレストランと違ってヘンな派閥《はばつ》もない。

さすがにおっさんの道楽じみた店に人生を預けてはいけないというのはサーフショップ

の件で学んだが、それでもバイト自体は続けたかった。カレーだってまだ完成していない。しかしそれも甘いんだろうか。サーフィンができない今、一つくらいは自分の力で何かをしている感覚が欲しかった。家だって大変だしそれどころじゃないのはわかってるけど、それでも。

日が傾きかけた帰り道、家の近所の神社に来ていた。

角のパン屋を曲がった先にある、五所《ごしょ》神社。幼い頃はよくここで友達とカードゲームなんかしたものだ。社務所の前のベンチに座って、小さな水がめや、御朱印帳を片手にお参りしていく観光客や、そんなあれこれを少し目を細めてぼんやりと眺めていた。

今年は祭りに出られなかったな、としょっぱい気持ちで思い出す。「そのひぐらし」も縁日の手伝いも忙しかったたし、それは仕方ないけれど。

長い小道になった参道を歩くと、正面に三基の神輿《みこし》がひっそりと並んでいる。

木造の神輿庫の中、しっかりと日差しから守られてなお、鈍い黄金色に光っていた。例大祭の日にはこの神輿で町内を練り歩き、最後には三基のうちの二基でそのまんま海に突っ込む。腰まで水につかって掛け声とともに神輿を肩で跳ねさせ、梅雨《つゆ》時の曇天《どんてん》を突き破るようにこぶしを上げる担ぎ手に、子供のころから憧れていた。いつか背が伸びたら俺らもやろうな、と博孝と言い合ったりもしていたが、その約束は果たされていない。果たされる日なんて、来るんだろうか。

井戸屋敷のばあちゃんに言わせれば、もともとこの祭りで神輿を海に進ませるようになったいきさつは「祭りを終えるのが嫌で、誰にも止められないように海に逃げ込んだ」とか「帰りたくないから夜じゅう騒いだ」とかそういうものだったらしい。娯楽《ごらく》のない時代なのでわからなくもないが、そんな永遠に祭りを続けたいほど、昔の暮らしというのはつまんなかったんだろうか。ぼんやりしていると、電話が鳴った。知らない番号だが、選考落ちしたバイトに欠員でも出たかなという期待もあって出てしまう。

『おう、流か』

返ってきた声は、「両利き」黒部のものだった。

「え？　俺の番号何で知ってんスか」

『海の家でバイトしてる女子高生に聞いたんだよ。お前女の知り合い多いんだなぁ』

誰だよ口の軽い奴は、ていうかオッサン女子高生に声かけんなよ。

「何スか。ＪＫだったら紹介しませんよ」

『そういうんじゃねえよ。お前自身に用事があるんだ』

あーなんかちょっと、よくない流れかも、とその声を聞いて思った。もともとこういう機微には敏《さと》い。絶対なんか折り入っての話ってやつだよ。と直感が告げている。

『単刀直入に言うとな。藤沢《ふじさわ》に新しく店出すんだわ。お前チーフマネージャーとして仕切らないか』

「すいません。俺そういうの苦手なんで」

軽い調子で、しかしやる気はないことがはっきりと伝わるように言った。この手の人間は部外者には優しい。部外者でいるために、ここが越えてはいけない一線だ。

『何か勘違いしてないか？　別におかしなことするわけじゃない。ただのガールズバーだよ。いい物件が空いたんだ。ああ心配すんな、女集めてこいとは言わないから。ただ紹介してくれたらお前にも金出すよ。一人三万くらいかな』

耳を貸すな、とは思う。こういう話にノらないのが俺だろ？　こういう相手には、ほんの一でもユルみや欲を見せたら十踏み込まれるし、つけ込まれる。そういうもんだ。

『もちろんお前にもそれなりに支度金払う。藤沢もひと頃不景気だったけど最近盛り返してきたからよ。どうだ』

「ていうか黒部さん、俺まだ十七なんですけど」

『ああ大丈夫、あくまで普通の飲み屋だから。系列店のチーフやってるボーイだって十七だよ。売り上げから毎月ボーナス出してるし稼いでるぞ。今じゃちょっとしたもんだよ』

だめに決まってんだろ、夜職なんかやったら亜矢美の面倒誰が見るんだよ。兄貴がガールズバーの仕切りやってるなんて周囲に知られたら、博孝がますます学校行きづらくなるだろうが。サーフィンだってできなくなる。

『ヒロくんにも亜矢美にも、まだまだお金かかるし』

しかしそこで、いつか父がこぼしたつぶやきが耳の奥によみがえる。それでもとりあえずは、その切ない響きを抑え込んだ。儲け話というのは儲かって初めて成立するもので、儲からなかった時に何が起こるかはその時にならないとわからない。

その気はないです、と告げてどうにか電話を切った。『気が変わったら連絡しろよ。俺はお前、かわいがってんだからよ』といつものように言われた。残念そうでも落胆《らくたん》するでもない。何となくだが、流が受けると予想しているような響きの声だった。

仕事を終えたあと、店先のベンチに、今日は店長の姿があった。

近所のおばさんたちと、何か楽しそうに話している。脱サラで宿泊施設やカフェを出す人間も多いので、このあたりの住人は新参者に優しい。最近は特に、野菜など近隣の商店から多く仕入れているせいもあるのか、すっかり溶け込んだような顔をしていた。

話の輪が散ったあと、店長が流に気づく。

手招きしながらぽんぽんと空いたベンチを叩いた。隣に座れということだろうか。

「いやなんスか」

「たまは流くんと話をしようかと思って」

「話ならいつもしてません？」

「まあまあ」

よくわからないがとりあえず、猫の足跡がついたあたりに座ってみた。

「夏が来たねえ」

「そっスね」

「恋の季節だよ」

「いやもうそれは聞き飽きましたって」

「はは。水澄に遠泳教えてんだって？　面倒見いいなあ」

いやメインで教えてんのは統一郎だし。初日でいきなりモメたし。

と思いつつぽつぽつ言葉を交わしていると、目の前を水鉄砲を持った子供が走り抜けていった。アメリカヤで買ってもらったんだろうか。昔の俺らみたいだ。懐かしいよな、と少し寂しいような気持ちになる。

「恋の季節と言っておいてなんだけど、しばらく多めに店入れる？　週四、一日六時間くらいでシフト入ってくれると助かるんだけど」

「大丈夫です。ちょっと夕方からのバイト申し込んでるんでそれにもよりますけど」

実は先日ふと思い立って、工場の募集に応募してみた。有期ではあるが夜勤なので割がいい。本当は接客のほうが性に合うのだが、あまり贅沢《ぜいたく》を言ってもいられなかった。

「わかった。いや助かるよ。意外に繁盛しちゃってさあ。みんな朝のひと泳ぎの前に軽く食べたいんだね。で、それにあたって確かめておきたいことがあるんだけどさ」

店長が膝《ひざ》の角度を変えて向き直った。

「流。最近、食材を持ち帰る量が多いよね」

「……すみません」

さーせん、ではなく、きちんとした響きで謝った。気まずくて下を向く。

もともと海苔《のり》の切れ端とか賞味期限の切れた納豆とかなら、特に申し出なくてももらっていいことになっていた。だけど最近は、不登校で給食を食べない博孝の分まで昼食を用意する必要があるので、まだ十分客に出せるものでも一つ二つと家に持ち帰っている。

「そんな顔しなくていいよ。常識外れな量ではないし、別に怒ってないから。でも理由はある？」

「特には、ないです。もうしません」

親父が体弱くて。家に金がなくて。そう具体的に説明するのだけは、どうしてもはばかられた。何を言っても結局のところは言い訳になるし、何より父親が男としてどうにも覇《は》気《き》がないというのを、自分の口からだけは他人に言いたくなかった。

「そっか。ところでさ。流の真ん中の弟さんって、どうしてんの」

「なんでですか」

「いや顔見たことないなと思って。今度連れてきなよ」

「……そうですね。本人が来たがったら」

そっか知ってんだろうな、と思った。常連である近所の客から噂《うわさ》として聞く機会もあるだろう。「あそこ弟さんが引きこもりなんだって」「お父さんが優しいから似たのね」「あら知らないの？　大宮《おおみや》さんの実の子じゃないわよヒロくん」もしかしたら、そんな風にだらだらと余計なことまで誰かがしゃべってたり、するのかもしれない。

そこでスマホが鳴ったので、「電話出てきます」と断って店に入る。

カウンターの隅に座って耳に当てると、父だった。

『あ、流？　困ったな。ガス給湯器が壊れちゃったんだよ。ウンともスンとも言わない』

「あーマジか、参ったな」

『亜矢美は近所の人が清水湯《しみずゆ》連れてってくれるって。お父さんも会社でシャワー浴びるし、流もどこかで浴びれたら浴びてきて』

「わかった」

畜生《ちくしょう》。水道じゃなくてガスがきたか、また金が飛ぶよ。と舌打ちしそうになる。いつも近所のガス屋のおっちゃんに格安で直してもらっているが、さすがに毎回善意に甘えるわけにもいかない。ズキッと肩が痛んだ。この肩を治すのがまた遠のく計算になる。痛みは続いているが見た目にはまったく何ともなく、それが不気味だった。

父の話はさらに続いた。

『それからね、さっきヒロくんの担任の先生が来て……先生もお忙しいから、クラスの子に「係」を作って交代でプリント届けることにしようかと思ってる、って言うんだ』

「いや、それはやめてやれよ。仲良くない奴だって多いだろうしイヤだろ、普通」

そんなもん親父がビシッと断ってくれよ、と正直思う。プリント係なんて習慣がクラスにできて「世話される子」になったらますます腫《は》れ物もいいとこだ。しかし教師が忙しいというのは事実だろうし面倒ばかりもかけられない。

「いいよ。プリントだったら俺が取りに行くから」

中学校は山沿いの急坂を上ったところにあった。往復するとなると手間だが父の腰には負担だろうし自分が行くことにする。また一つ仕事が増えた。

深々としたため息が出る。とにかく気持ちを切り替えたかった。店の裏のシャワー借りるか、と思ったが店長に食材の持ち出しを叱られたあとなので言いだしづらい。混んではいるだろうけど海水浴場の使うかな……と店から出た。そこでぴたりと立ち止まる。

「じゃあ本当に、頼みましたよ」

さっきまで自分がいたベンチのあたりに、店長と知らない男がいた。やたらと伸びた背筋に爬虫類《はちゆうるい》のような目。暑いだろうにぴっちりと着込んだスーツには、不自然な張りと盛り上がりが見て取れ、体を鍛えていることがわかる。メガネのフレームにやたら光るダイヤみたいな石が一つ埋まっている。路肩には黒塗りのベンツが停まっていた。

「しっかり気を入れていただかないと。これ以上長くは持ちませんからね。この店も、私の堪忍袋《かんにんぶくろ》の緒《お》も」

「わかってますって」

店長はへらりと笑ってみせたが、流の背筋は静電気でも浴びたようにざわっとした。見てはいけない場面を見てしまった気がする。特に厭味《いやみ》ったらしいわけではないが言葉で人を刺すのに慣れていそうな冷淡さがあった。

「例の話もきちんとするように。決定権持ってるあの人を怒らせたらどうなるかわかってますよね。あなたがあまりにも頼りなくてどうしようもなくて目に余るからこうして相談に乗ってるんですよ」

「わかりましたって」

男はへらへら笑う店長に一瞥《いちべつ》だけ残して、そのまま停めてあったベンツに乗りこんだ。ドアを閉めるバタンという大きな音、およそ情というものの感じられない去り方に、思わず尋ねてしまう。

「店長。今の誰ですか」

振り返った店長は露骨にしまったという顔になる。初めて見るようなうろたえ方だった。

「……怖い人だよ。店のことで相談乗ってもらってる。かっこ悪いとこ見られちゃったね」

完全にごまかす口調だった。怖い人。その怖い人の上にさらに『決定権持ってるあの人』というのがいるらしい。あ、そっか。と思う。ヤバいんだこの店。前のバイト先と同じでたぶん経営回ってない。いや同じどころか「怖い人」が出張ってるなら状況的にはなおさら悪い。金でも借りたんだろうか。十中八九そうだろうが確かめる度胸はなかった。

「……だよな」

誰にも聞こえないように小さくつぶやく。さあっと、足元から何かこぼれていくような感覚だった。常連客としゃべって新しいメニューを考えて、毎日それなりに……いやかなり、楽しかった。家でのもろもろも、ここで働いてる間は忘れられた。気分しだいでメニュー出したり引っ込めたり。常連客とゲームして映画観て、ベンチ作って犬さわって。

だけどそんな、まるで学園祭みたいな日々、長く続くわけがない。神社の祭りの起源と同じだ。神輿抱えて海に入って騒げるのは、祭りの日だけ。

ズキッと肩に熱がはしった。急な痛みに取り繕《つくろ》う暇もなく、うめき声が口をつく。肩を押さえると、店長が慌《あわ》てて駆け寄ってきた。

「流？　肩痛いの？」

「いや、ちょっと……」

「少し前から調子悪そうだと思ってたんだよ。いつから？　最近フライパン振るのも辛そうだったけど」

「平気です」

「平気だと思えないから言ってる。最近サーフィンしてないよね？　原因それ？」

余計なお世話だ、と思った。店長は怖い人とやらを何とかしたほうがいいですよ、と軽口でも叩こうとしたが、しかしうまく声が出ない。

「流。病院に行け」

「行きました。とっくに」

そして抗炎症薬も痛み止めもとっくになくなっている。

「じゃあしばらくバイトも休みなさい」

「それは無理です。何度も言ってるけど俺大黒柱なんで。ていうか関係ないじゃないですか」

「関係はあるよ。雇い主だし頼ってよ」

「無理です」

怒鳴るよりよほどの強さをもってたった四文字、言い切った。

店長は視線の強さに圧《お》されたような顔になる。

同じだ。自分が家で暴れた時の父の顔と。

自分を頼れよ、お前が心配だよ。と言ったり。逆にお前が頼りだよ、と言ったり。

周りの大人の言うことには、たぶん嘘はない。自分が必要とされていることはわかる。いざという時には頼っていいこともわかる。苦労人である自分に、基本的に世の中は優しい。だけど優しさじゃメシは食えないのだ。

あーもう終わった、と小さく声が漏れた。「流」と呼びかける店長に「海行ってきます」とだけ言いおいて、その場を去る。

適当なTシャツにサーフショーツ姿のままで、何をするでもなく海に浮かんでいた。

見事というほかない夕日が、バグでも起こしたゲーム画面のように浜も町も山もすみずみまで橙《だいだい》に染め上げている。流が住んで十年近く、材木座の夕日はいつだって変わりなく沈んでいった。何もかもが焼けているような光景なのに、それでも優しいから不思議だ。空気が澄んでいる秋は、これよりさらに目を疑うような、いっそあの世なんじゃないかと思うほどの色になる。

夕焼け小焼けで日が暮れて、と時報のメロディが聞こえる。ベタ凪《なぎ》の海面で、足だけばたつかせて体を進めた。泳ぐのは肩にこたえるが、浮くだけならむしろ、水に包まれるようで楽だった。ぷっかりと力なく浮いたまま視線をやれば、湾《わん》の葉山《はやま》側、和賀江島《わかえじま》に観光客が集まっている。

材木座がその名の通り鎌倉時代の材木置き場だった頃の船着き場で、日本で一番古い港湾施設らしい。干潮時は、歩いて渡れる道ができる。ただのごろごろとした岩場にぽつんと一本だけ杭が突き出した遺構で、今でも近くにしらす漁船が停泊していることがある。昔はここから材木を運んで寺やら何やらつくったそうだ。

意味もなく体をひねると、とぷとぷと泡がこぼれるような音が耳に絡みついた。

今まであれやこれやの苦労がありつつ気持ちを後ろにひっぱられずにこれたのは、日々がそれなりに忙しいのと、布団に入ればあれこれと考えずすぐに寝つくからだった。

しかしサーフィンを控えてから、疲れが足りないのかスッとは寝落ちなくなった。しかも寝ると大技に挑戦している夢を見る。オフショアの風、サイズのいい波。波と目が合う感覚。何もかもをふりはらうように素早くテイクオフし、前傾姿勢で突っ込む。トップへと速度を上げる。後ろ足を思い切り蹴り入れてターンする。そこでパッと目が覚める。直後にずっしりと、恋が破れでもしたような無念を抱える。

なぜか不意に、「流は軽いようで重いから」という友達の言葉がふっとよみがえった。勘弁してくれ、と思う。

俺は別に重くない。俺の人生だって重くない。重いなんて思ったらその瞬間終わりだ。誰の暴力にもさらされてないし、一応借金だってない。優しすぎるくらい優しい父と、優しすぎて学校に行けない弟がいて、入りたいけど入れない海があって、まだ何もわからないような歳《とし》の妹がいて、泣けるくらい金がない。ただ、それだけだ。肩だってそのうち治る。そしたらまた毎日サーフィンができるし、調子が戻れば大会にも出られる。

大丈夫だ。自分は不幸じゃない。

海から上がって高架をくぐる。人が多かった。オフシーズンはそれほど見かけない、知らない町から来た知らない顔、顔、また顔。誰もかれも楽しそうだった。ビーチグッズを抱えて、水着姿で今夜の宿に帰っていく。そして夏が去ればまたここは、のどかで静かな鎌倉の外れの海街に戻る。

店のバックヤードに置いておいた荷物を取って、家に戻ろうとした。スマホに通知がある。求人アプリで書類だけエントリーしておいた、化学工場の臨時スタッフの募集。当たり前のように『貴意に添えず』と書いてある。お祈りだよ、これが噂の。と思い、ある番号に電話をかけた。

「こないだの話、受けます」とだけ言う。相手は黒部だ。

『おおそうかスーツも靴も用意してやるから身一つで来いよ。大丈夫。お前なら稼げるよ。印鑑と身分証持ってこい』

笑ってしまった。まるっきり、身売りする人間にかける台詞《せりふ》じゃないか。だけど実際似たようなものかもしれない。夜の街で働くくらいで、人生から何かをはみ出させることになるとまでは思わない。ただ、右手でぶん殴られたあとに左手でひっぱたかれても文句を言えない立場になるかもしれないし、何かを一つ譲った瞬間十も二十も踏み込んでくるような人間は周りにどんどん増えていくんだろう。そういう人間の食い物にされる他人を「あいつもバカだな」と冷笑するようになるかもしれない。それでも生きていくためだから仕方ないいんだよな、と自分を納得させた。夕日が燃えていた。

翌朝はいつもどおりの、バイトが休みの朝だった。夜勤していた父は起きていないので、亜矢美に朝食をつくって送り出す。布団を干して軽く掃除をしたら、自分も出かけるつもりだった。ポケットの中には辞表、というには大げさだが形式通りにつくった退職願がある。「そのひぐらし」に出そうと、スマホで書き方を調べた。

「おはよーさん、博孝」

朝食をコトリと置いた。物音がしたので起きているのはわかっている。オクラを巻いた卵焼きや、プチトマトの中身をくりぬいてツナやチーズを詰めたもの。この家へ来て間もない頃、食の細い博孝にどうにか食べてほしくて、父と工夫しながらつくっていたメニューだ。亜矢美が生まれてからは、博孝自身も手伝うようになった。

「昨日の夕飯食ったか？　俺寝てたんだわ。ごめんな」

博孝の夕食はだいたい自分が運んでいたが、昨日は父に任せてすぐに寝てしまった。

「バイト先がすげー混んでさ。疲れてたんだ。そういやどこまで話したっけ。例の店長の、バタフライ・エフェクトみたいな小説。相変わらず何回も告白シーンだけループしてんの。トイレ行くたびに『おお変わってねぇな』て思う。いいオチが全然書けないんだってさ。そりゃそうだよな。何十回やり直したところで、人生の展開なんて大きくは変わんねーよ」

一気にしゃべって、ふいに気づく。毎日ひたすら飯を運び、ひたすら扉に話しかける。今までずっと、店長の小説みたいに、毎日繰り返してきたことだ。だけど語りかけてるつもりが、自分だって吐き出していた。愚痴《ぐち》はこぼさないようにしていたが、だらだらと一日あったことを口にして、スッキリしたような気持ちになっていなかったとはいえない。

「お前だって、つらいよな」

ぽつんと一つ、息を吐きだしながらそう言った。

俺を頼れ、と店長に言われて「無理だ」と感じたああいう気持ちがたぶん、博孝にもあるんだろうなと、ふいに気づいてしまった。

母は去り、残った父とは血がつながっておらず、三人兄弟に両親とも同じ組み合わせは一つとしてない。別に血縁がすべてってわけじゃないし、仲だって悪くないけれど。でもきっと、思春期の博孝にとって家の居間が心底から安らげる居場所なのかと言ったらそれは違うんだろう。教室にも居間にも居場所がないから、部屋にいるしかないのだ。

「大丈夫だよ。俺がどうにかするから。仕事かえることにしたんだ。でもとりあえずメシだけ下で食わないか」

出て来いと言うのは、とても酷《こく》なことだ。それでも言った。

「亜矢美に顔見せてやれ。お前だって兄ちゃんなんだから。俺も夜働くしこれから忙しくなるけど、朝はできるだけ家にいることにする。朝飯はそろって食おうぜ」

『お前だって兄なんだから』これを言うのは迷ったが、必要だと感じて告げた。内気な弟だが、亜矢美に対して見せる顔は確かに兄のものだったからだ。

「じゃあ、俺行くから。メシ食えよ」

「兄ちゃん」

　立ち去ろうとしたところで、足が止まる。ずいぶん久しぶりに自分に向けられた、弟の声だった。

「あのさ。小説のラストを考えたんだけど」

「……小説？」

　カタンと音がして、ドアが開く。

　最近では夜中に風呂に下りてくる物音や後ろ姿でしか接していない博孝が顔を見せた。

「今日で百日だな、と思ったから」

　ぽそぽそとした、しかし以前と大した変化のないしゃべり方だった。ふっくらとした頰《ほお》をもごもごと動かして、うつむきがちにしゃべる。決して前向きな様子ではないが安堵《あんど》した。よかった。いつもの弟だ。

「百日？　小説？」

言っている意味がわからないので、首をひねった。

「何回も何回も同じシーンを繰り返す小説だって聞いて……それで何となく数えたら、今日で百日だったんだ」

話が見えないが、とりあえず百日という数字の意味はわかった。入学してすぐに自室に引きこもるようになったので、確かにそのくらいの日数になる。

「だから……その小説も百回告白したら、展開が変わるとか、どうかなって」

「数で押すのかよ。すっげぇしつこい男だなそれ」

単純かつ執念深い展開に思わず笑ってしまった。でも百というキリのいい数字で何かが好転したら、すっきりとはするかもしれない。噴きだした流につられるように、博孝も少しだけ顔をほころばせる。床に置いてあった朝食の盆をそっと取り上げた。

「いただきます」

その挨拶を聞いたのも、ずいぶん久しぶりだった。要するに百日分も食事を運んだのか、なんだかんだですげーな俺、と心で自分を褒めておく。メシをひたすらつくり続けて、百日×朝昼晩で三百食。しつこく食わせ続けたら、どうにかこうにか、弟が顔だけ見せてくれた。店長の小説はどうだか知らないが、何十回と繰り返すことでマシになる未来もあるのかもしれない。

博孝は「あ、あのさ」とつっかえながら、目を泳がせて口を開く。

「ごめん。すぐには無理だけど……でも月末に終業式だけ行って……しんどかったらすぐ帰ってきてもいい？」

「うん。一瞬でも顔だけ出しとけば、休み明けにシレっと行けるかもしんねーしな。気が向いたら行ってこい」

今はそれで十分だと思った。あまりあれこれ話しかけるのもよくないかと、軽く頭を撫でてやって階段を下りようとする。しかしそこで、大切なことを思い出した。

「あ、そうだ。言いにくいんだけど今な、うちのガス壊れてて風呂沸かねえから。久しぶりに清水湯行こうぜ。夜に二人で、コソッと」

「……うん」

こくりと小さくうなずきが返ってきたのでほっとした。地元民もよく使う、昔ながらの小さな銭湯《せんとう》。もし知り合いに会ったらと思うと気まずいだろう。しかし何か言われたら適当にあしらってやるつもりだった。大丈夫、自分はこういうカンはいい。何より兄貴なのだし。

バイトを終えると、スマホに黒部からの着信が六つ、残っていた。「あの話は辞退させてほしい」と伝えて二日だ。何度もメッセージで謝っているが、それには返事がなく電話がくる。店の裏で観念してかけ直すとさらっと『はいよ』と本人が出た。

『おおい。困るんだよなぁ。流』

続くその声に、ああ一つぐっと踏み込まれたなと感じる。

『なに、どうして急に嫌になっちゃったわけ』

「すみません。やっぱりしばらくは……今のバイトを続けようと思います」

あのあと、退職願を出すのはとりあえずやめて事務所で店の帳簿やら予定表やらにざっと目を通した。借用書だの契約書だのが見つかったわけではない。夏の間のシフトと仕入れの予定が淡々と組まれていた。来月には地元のヨガ講師が店内で教室をひらくような予定もあるし、遠泳大会当日には疲れた参加者への特別メニューを出す計画もあった。

そこから先は白紙だ。経営がヤバいにしても、とりあえずこの夏の間は営業する気があるらしい。だったら最後まで付き合おうと思った。自分がやめたら、たぶん海水浴のハイシーズンがパニックになる。

『そりゃ勝手ってもんだ。とりあえず会って話そうや。お前んちのほうまで行くわ。材木座だっけ。五時でどうだ』

「いや困ります。鎌倉駅の前はどうですか」

しばらく押し問答して、どうにか集合場所の落とし所を決めて、仕事に戻った。


「何、なんか不安でもある？」

鎌倉駅の西口のはずれ、今時全席喫煙可の薄暗い喫茶店だった。

現れた黒部はやはりごく普通のポロシャツ姿で、舎弟《しゃてい》の類《たぐい》も連れていない。連れてくる必要も、特にはないのだろう。ちょっと知り合いが多くてちょこまか生きてる十七歳のフリーターを相手に、そういう備えはいらない。思えば脅されたり凄《すご》まれたりといったことも今まで一度もない。「両利き」の修羅場を見たからというだけではなく、当たり前のように自分は黒部を恐れていたし、二人の間には上下関係があったのだ。とっくに「関係」を作ってしまっていた。こういうのは気づいた時には遅いものなのかもしれない。

「やっぱりサーフィンをやろうと思って」

「最近やってねぇじゃん。どこの大会も出てないし長谷の店潰れたよな？」

「肩壊してるんで。でも治ったら再開します」

「それにかかる遠征費やなんや、どうすんだ?」

返す言葉がない。弟妹《きようだい》の世話があるのでどちらにしても働くのは無理です、と言いそうになったがこらえた。大船を離れてから生まれた亜矢美の存在を黒部は知らないはずだ。小さな妹についてだけは絶対に教えるわけにはいかない。

包み隠さず真相を話すなら「ちょっと魔が差して話に乗ったけど、引きこもりの弟が口をきいてくれたので考え直してドタキャンしました」だ。雇用に関して何かの書類を交わしたわけではないが、確かに勝手な話ではある。

「参ったなぁ。結構堅実にやってるつもりなんだぞ? 風営法にも触れないし。お前にゃ向いてると思ったから声かけたんだけど」

黒部はポケットから使い込まれたオイルライターと煙草《たばこ》を取り出した。一本つまんで火をつけて吸い込む、その動きが左手だけで器用に完結している。「俺は両利きだから」という響きが生々しさをもって思い出された。外国煙草なのか、立ち上る煙からは果実の腐ったような匂いがする。思わず見慣れないデザインの紙箱に目をやった。

「ああこれ? 土産《みやげ》もんだよ。なあ流。お前が昔住んでたとこの大船の定食屋、覚えてるか。あそこの店主、見た目はほぼほぼ日本人だけど、いわゆる日系だったの気づいてた? 俺に黙って国に帰っちゃってさあ。こないだ会いに行ったんだよ」

何があって、とかどんな用事のために、とか一切説明しないのがかえって恐ろしかった。言いながらニコニコと笑っている。はたから見れば親戚かちょっと仲のいい職場の先輩後輩か、そんな風に見えるだろう。

おいどうすんだよ俺。完全にミスったぞ。と本能が告げている。

うまくいくと思っていた。素のままでスイスイと人と付き合って、失敗なんてそうそうしないと思っていた。こういう時はどうすればいい？　と頭で必死に計算する。やっぱり頭を下げるべきか？　でもそれをしたら二つも三つも踏み込まれる気がする。いっそ諦《あきら》めて、秋から一カ月限定とかで働く？　でも簡単には解放してもらえないだろう。何があったのかは知らないけど、不義理された相手を海の向こうまで追いかけていくような人間だ。

考えがまとまらず、ただじっと立ち上る煙を眺めていた。口の中が乾く。

「流。何してるんだ」

声が割って入ったのはその時だった。ここでは聞くはずのない声。

何らの許しも得ずに自分の隣に座ったのは「そのひぐらし」の店長だった。

「誰？」

何でここにと流が尋ねるよりも早く、すっと切るように短く黒部が尋ねる。

「バイト先のオーナーです。誰かに呼びだされて慌てて帰っていったので心配になって」

材木座周辺に黒部を近づけまいと必死で話していたあの電話を聞かれていたらしい。もしかしたら、ここで話していた内容も近くで聞いていたんだろうか。

「何？　ただのバイト先の雇い主がわざわざ？　流、お前も本当にあっちこっちで構われるというかかわいがられるよなぁ。感心しちゃうよ俺」

揶揄《やゆ》するような口調だった。

「流と何があったんですか」

「あんたに関係ないよ」

「いや関係はあります、うちのスタッフだ」

「ただのバイトだろ」

「いずれは正社員で登用しようと思ってるんで」

初耳だった。そんな余裕が店にあるとは思えない。

「そんな話は流から聞いてないけど。どこの店？」

「それはそちらが先に教えてください。さっき風営法がどうとか言ってましたよね」

「これから出す店だよ。別におかしな商売じゃないしこいつにとってもいい話だ。つーかあんたさ、どういう商売やってんだか知らないけど、流に何かしてやれんの？　俺、こいつがガキの頃から知ってんだけど」

「親じゃあるまいし、特には何もしませんよ。でも調理師免許とるまでくらいは面倒見ようと思ってます。一日六時間の調理実務経験を週に四日、二年以上。もう少しだ」

週四、一日六時間くらいでシフト入ってよ、と言われたのをふと思い出した。

「そんなもんは俺だって取らせられる。こいつの人生、普通にやっててどうにかなると思うか？　大体もったいねぇだろ。こいつにゃ才覚があるよ。働きぶり見ててわかんないか」

「いいえ。流は普通の子ですよ。これからだって普通にやればいい」

店長は涼しい顔だった。黒部の顔が小さくゆがむ。

「綺麗《きれい》事はよくないと思うよー。こいつ学校行ってないし母親もいないだろ。そういうのを普通普通って形だけ言ってやることに何か意味ってあんの？」

「普通でしょう、そのくらい。普通に美味しいご飯がつくれるんだから、うちで今まで通り働けばいいんですよ」

まったく何の気負いもなく言い切った。

普通。そんなことを久しぶりに言われた気がする。

「すみません、遅くなりました」

そこでさらに、また別人の声がした。

あ、と声が出そうになる。爬虫類の目をしたベンツの男だ。

「お世話になります。私はこういうものです」

何かの事情を知っているのかいないのか、やはり当たり前のように座席に座ると、名刺を取り出してすっと渡した。黒部が受け取り書かれた内容に目を走らせる。そしてぐっと眉をひそめた。ちらりと一瞬で、男の全身を観察する。

「ちょっと待ってろ」

そしてスマホを取り出し、いくつかの操作をした。ウェブ検索でもしているのか、あるいは誰かと連絡を取って何かを調べているのか。もしや応援でも呼んでいないだろうな。とにかくしばしの間親指をせわしなく動かすと、コキッと音を立てて首を横に倒した。

「なに？　まさかとは思うけど後見人か何か？」

「いずれそうなる可能性はありますね」

意味がわからなかった。なぜこの男がここにいて、自分と黒部の話に割り込むのだろう。そしてなぜ黒部があからさまに、状況が変わったと言わんばかりの苦い顔をしているのだろう。さらには煙草をもみ消し、立ち上がろうとするのだろう。

「呆《あき》れたわ。お前ほんっとに、妙なとこから妙な縁ひろって生きてんな。気をつけろよ流。怪しい大人には。……人に貸し作ると、ロクなことになんねぇぞ」

それをあんたが言うのかよ、と思ったが、もちろん口には出さずにおいた。

舌打ち交じりに黒部が去ったのを見届けてから、メガネの男はベンツに乗って帰っていった。帰り際「この件はうちのボスにもキッチリ報告しますから。おかしなことに私を巻き込まないでくださいね」と淡々と言いおいて。

黒部があっさりと引いたところを見ると商売敵《がたき》か何かだろうか。ますますもって「怖い人」だ。かえってヤバい相手に借りをつくってしまったんじゃないかという気になる。

店長と並んで、若宮大路《わかみやおおじ》を歩いていた。といっても、中央部分が段葛《だんかずら》になったいかにも参道らしい部分はすでに終わっている。観光地らしい賑わいが少し落ち着くあたりだった。

何を口にすればいいのかわからずに黙りこくっていると、店長のほうから聞かれた。

「流。あのメガネのお兄さん、何者だと思う?」

「債権者……的な?」

あの尋常ならざる冷えた気迫、どう見ても扱いを間違えたら命にかかわるものを当たり前にやり取りする人間だと思った。愛車がベンツだし。メガネがダイヤだし。

「外れ。いや、義弟なんだ。妹のダンナ。入り婿《むこ》」

「は?」

義弟、という漢字が頭で像を結ぶまでに数秒かかった。

義理の弟。つまり……親戚？

「婿さん？　え？　怖い人って言ってませんでした？」

「うん。怖いんだよあの人。法科大学院主席で出てるのに空手までやってんだもん。ちなみに職業は弁護士。さっきの名刺見る？　俺も持ってんだけど」

財布から取り出された名刺には、メガネの男の顔写真が法律事務所の名前とともに印刷してあった。役職は「副代表・弁護士」だ。横文字の特徴的な名前の事務所で、テレビCMで名前を聞いたことがあった。

「そこの代表が、俺のオヤジ。妹自身は弁理士なんだよ。ちなみに下にもう一人妹がいるけど、そっちは税理士として独立してる。この人、真ん中の妹に学生時代からベタ惚れしてんだよ」

次々にカタい資格の名前が出てくる。店長も三人兄弟だったのか、と思わずどうでもいいことを考えた。

さきほどの黒部はおそらく、胸で光る弁護士バッジを確認したあとに、ネットでここの事務所について調べたのだろう。名刺の裏には不動産問題、労働問題、顧問契約承《うけたまわ》りますといった業務案内が並んでいる。法的にはスレスレでＯＫとはいえ、未成年を飲み屋で働かせようとする男にとっては別の意味での「怖い人」だ。

「俺は商学部中退でこれといった資格もなしにフラフラしてるから。もう出来のいい彼らにとっては不詳を通り越して異星人みたいなもんだろうね。帳簿のつけ方から税金対策まで手取り足取り教えてもらってんだけど。たまにチェックにやってきては説教していくんだよ、もう頭が上がらなくて」

「……マジかよ」

あの日の会話の内容をどうにか思い出そうとした。「私の堪忍袋の緒が持たない」「しっかりしないと長くは持たない」なるほど、事務仕事をいい加減にやってることへの警告だったのか。そして店長は、義弟に頭が上がらない姿を見られて恥ずかしいからあんなにうろたえてごまかしていたのか。

「でも……『あの人を怒らせたらどうなるか』ってのはなんですか」

以前発せられた、去り際の一言だった。何か、絶対に機嫌を損ねてはいけない人間がいるかのような言い方に聞こえた。

「よし流。ここで第二問だ。『あの人』って誰だと思う？　今度は親族じゃないよ」

さすがに知りようがなかったので首を横に振った。

店長はちょっともったいぶるような間を置いてから、子供のように弾んだ声で答える。

「答えはね、『そのひぐらし』の土地と建物の持ち主だよ。俺、あの店買おうと思うんだ」

「……え」

またしても意外な方向から意外な展開がやってきたので、一瞬足を止めてしまった。

話しながらてくてくと歩くうち、下馬《げば》交差点が見えるあたりに差しかかっていた。社殿に参拝する時、昔はここで馬を降りなきゃいけなかったらしい。今は車がガンガン通ってるけど。

「義弟に仲介役になってもらって、今売却の交渉やってるんだ。もちろん結構なお値段だし、こだわりと地元愛の強い人だから少しずつ少しずつ進めてるんだけど、きちんと前向きに考えてもらってる。一年半店やってみて、やっぱりここに巣が欲しいなと思って決めたんだ。もうすぐあそこが、名実ともに俺の店になる」

流はただ、ポカンとしていた。

確かにあの家の持ち主はかなりの偏屈らしい。だから交渉には気を遣うだろうし「怒らせたら終わり」というのは事実で、筋は通る。

そこを理解したとて、疑問が二つほど残った。

「何でそこまで」と「その金はどこから」だ。

いや金ならあるのかもしれない。何せ弁護士事務所の所長令息なのだから。

しかし「何でそこまで」の部分がよくわからなかった。店長がこの町に馴染んでいるのは伝わるし、実際ここが気に入って家やら店やら買い取ってしまう人間というのはまったく珍しくない。それでもやはり不思議だった。過去にあれこれとやっていた華やかな事業を考えれば、なおのこと。

「俺はさ、たぶん材木座って町に恋をしてるんだよ」

「……なに言ってんだこの人」

「そう言わずに聞いてくれよ。俺の恋の話を」

海に抜けるよりも大分手前で、延命寺《えんめいじ》に至る角を曲がった。横須賀《よこすか》線の運行が多いのでよく閉じている踏み切りは、やはり今もカンカンと鳴っている。この近辺は住所でいえば材木座と大町《おおまち》の境目にあたる。ごくごく普通の家々や遮断機もないような踏み切り、小さな医院に各種の商店……ついでにいうと大町には、材木座にはないコンビニがある。前から来た観光客を避けたので、店長の後ろをついて歩く形になった。

「妹二人はデキがいいのに俺は中途半端なレベルの大学しか受かんなくてさぁ。見返してやろうと思って会社作って儲かって、でもまあ大学のほうは留年しまくりで中退してさ。それでますます親や親戚にバカにされて。悔しいからＦＸ始めたんだ。会社を人に売った金で。あの時はどうかしてたね」

「げ。どういう方向に舵《かじ》切ってんだ」

ＦＸがどういうものかはうっすらと知っている。外国為替《かわせ》を取引する、両替みたいなシステムの投資法だ……確か。

「もちろんバリバリにレバレッジ効かせてね。レバレッジってわかる？　信用取引の一種。語源は『梃子《てこ》』で、ガッツリ勝てるけど負けたら自己資金以上に損する仕組み。上がったり下がったり、まあ波乗りだね。湘南《しょうなん》の波よりきっついね」

「……勝ったんですか」

あんたの人生のほうがトイレのあれよりよほどの小説ですよ。

内心でそんな風に呆れつつ、こわごわ尋ねた。

「勝ったよ。ちょうど『そのひぐらし』が買えて、ちょっとの間は遊べるくらい」

「すげ……」

「ただ最後の一年で運が向いたってだけで、それ以前にがっつりロスカット食らって八桁《けた》やられたけど。あれこれ解約してかき集めた金で勝負して、最後の最後で売り抜けた。妹たちは今でも気にかけてくれてるけど親にはとっくに勘当《かんどう》されてるし一円だって金は出さないって言われてたから、もし負けたら今頃は一人で債務整理に奔走《ほんそう》してただろうね。さすがに妹も愛想つかしてただろうな」

すんごい波だな、とあっけにとられてしまう。例えるなら湘南じゃなくて、ハワイとかフィジーとか、見たことないけどその辺だ。

「収益を確定させてパソコンの電源落とした時、本当に関節が全部外れたんじゃないかってくらい全身の力が抜けたんだよ。もう立てない。こりごりだ。と思って、なのに次の瞬間なぜか海が見たくなった。車とばしてこの辺ウロウロして、気づいたら材木座六丁目の交番とこのパーキングで寝てた。あっちの、小坪《こつぼ》のほうにさ。朝日が上ってたんだよ。めちゃくちゃきれいな。すっと横線が走るみたいな穏やかな波があとからあとから寄せて、行儀よくきれいに真ん中から巻いていくの。海が銀色で犬たちがじゃれあいながら走ってて。泣きそうになった」

まさに一目ぼれした相手の話でもするような口調だった。

この町に恋をしてるんだ、というのもあながち大げさではないのかもしれない。流がずっとここに住んでいるのとは逆で、人生の強烈な一場面にぐいと割り込んできた光景に、何かの引力で惹《ひ》かれてしまったような。

「次の瞬間、忘れてた空腹が全部襲ってきて。あ、朝ごはん食べないと。って思ったんだよね。早朝だったから弁当屋さんもカフェもやってなかったんだけどさ」

それで朝食営業にこだわっているんだろうか。

「今でも、店の二階で投資やってんですか」

「いや、完全に懲《こ》りたよ。もうやってない。残りの人生はここで地に足つけて生きたいよ、ホント」

「じゃ、毎日何してんですか？　水澄が怖がってましたよ。奇声が聞こえるって」

「……いろいろだよ。通信の大学行きなおしてるからネットで授業聞いたり。麻雀の通信対戦に登録して小金稼いだり。小説書いたり、うどん踏んだり、レシピ動画を眺めたり」

「あんたって人は本当に何者なんだ……いやていうかボンボンだよな、弁護士事務所のボンボンだよなー……感じ悪いわマジで。早く言えよ」

心配して損した、という気分だった。店長の言う通りだ。この生き様に比べたら自分なんて極めつけに普通もいいとこだ。

「お、調子が出てきたね流」

「いろいろどうでもよくなったっつーか……いや全然どうでもよくないけど」

妹に気にかけてもらってってサラッと言うけどそれもどうなんだ、妹って普通は兄が気にかけてやるもんだろう……等々、言いたいことは山ほどある。

「いやまあ、今回いきなり最終兵器義弟を出しちゃったわけだけど。一応俺も大人だからさ。流もう少し頼ってよ。さっきみたいなチンピラと縁ができそうになった時には」

「そうっすね。なんか金持ってるってわかったら頼ったろかって気になってきました」

あしざまに言うのは、まあ本音もかなり混じってはいるが照れ隠しみたいなものだった。本人は最終兵器だのと茶化しているが、うさん臭い件で義弟を呼びつけて頼った……頼らせてしまったのは事実だ。名刺の一枚でチンピラを追い払った様子は魔法のようだったが、魔法ではない以上、当然何らかのリスクはあるだろう。

「あっはっは。そうそう。それでいいから。あと、肩の病院ね。福利厚生ってことで俺が金出すからちゃんと行ってよ、頼むから」

店長は楽しそうな声で笑いながらも、真剣さのにじんだ声で言った。

「何かあったら相談しなさい。これでも流の倍生きてんだから。店を買ったあとは、ちゃんとそれを『守る』ことに重点おくよ。もう変な賭《か》けには出ない。この町で当たり前にずっとやっていける店をつくる。だから流にはうちで働いてほしい。サーフィン続けながらでいいから」

前を歩く店長が振り返った。小さなうなずきを返すと、またすぐ背中だけの姿に戻る。

間近を車が行きかう狭い歩道を自転車を押して歩きながら、どうしようもなくホッとしている自分に気づいてしまった。おい現金だな。大人には頼れないんじゃなかったのか。自分で自分に呆れる。でもそれでいいかな、とも同時に思った。大丈夫だ。俺はこういうカンには恵まれてるから。たぶんもう、ヘマはしない。

「いやまあ、頼ってよと言いつつ、俺も流には働いてもらう気まんまんなんだけど。今日さ、『おとなのごはん』から取材依頼が来たんだよ。朝定食と朝カレーとレモネードの写真撮らせてほしいって。厨房のこと一番わかってんのは流だから立ち会ってね」

発売日には書店の平台にずらりと並ぶ有名な情報誌だった。

「わかりました……でもあのカレーまだ試作なんだけどな」

「いいよ、これからもっと美味しくなるカレーですって言って載せてもらおう。通えば通うほど奥深く旨《うま》くなる人生みたいなカレーってことで。失恋カレーがあるなら人生カレーもあっていい」

「いや前向きすぎるでしょ……そんないい加減な……」

と物申しかけて、しかし黙る。ひたすら愚直《ぐちょく》に繰り返せば何かが変わることもあるじゃないか。博孝の「百日」の件みたいに。仮に雑誌には載らなくたって、明日からもまた、ひたすら試作を頑張ろうと思った。四十回でも五十回でもつくり続けたら、とんでもなく美味しくなるかもしれないし。案外と誰か、応援してくれたりするかもしれない。

「そういえば店長。うちの弟がトイレ小説の結末を考えたんですよ」

「え？　ホント？」

「それがまた、なんつーか力ワザなんですけど。ぴったり百回目の告白で何かが変わるって展開はどうかって」

「へー。同じ相手に百回告白するのか。純愛だね」

「いやそこそこホラーでしょ。いくらループしてるっていっても」

「そんなことないよ、一途《いちず》でカッコイイじゃないか。前提は違うけどあれだね『僕はしにましぇーん』だね、武田鉄矢《たけだてつや》だ」

「？　なんですか、それ」

「………ああ、そうだよなぁ。十七歳だもんなぁ、知らないよなぁ……」

大町四ツ角《よつかど》を曲がり、材木座を目指して歩きながら、やっぱり今日の夕食について考えていた。

優しさや感傷じゃメシは食えないが、メシを食わなきゃ生きていけない。

まだまだフルタイムには遠いが、観光シーズンで稼ぎ時なのでタクシードライバーの父も長めに働いている。冷凍庫の豚肉をちょっと多めに使ってがっつり濃いめの豚丼はどうだろうか。博孝も、約束通り食事時と銭湯に行く時はきちんと部屋を出るようになった。材木座の夕日みたいなまんまるの卵黄でも落としてやろう。箸でついたらとろりとタレに絡むやつ。やべぇ超うまそう。想像したら、ちょっと腹が減った。

第五章

水澄 3

2019 8

KAMAKURA BOYS

Sonohigurashi

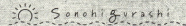

「あれ、なんか水澄《みすみ》体つき変わった？」


夏の終わりを感じ始めた八月の後半。クラスラインで回ってきた『課題が終わった人だけ参加していいボウリング大会』に出かけたところ、仲のいいクラスメイトにそう言われた。

「……そうかな」

「うん。なんかがっちりした」

もとより水泳選手だったので肩などそれなりに張り出してはいたが、確かに最近、少し体重が増えて全体的に引き締まったような気がする。海で鍛えた筋肉は、プールのものよりなんとなく荒っぽい感じがする。などと思うのは考えすぎだろうか。

七月と八月、ひたすら海に入っていた。学校で夏期講習がある日以外はほとんど毎日だ。

バイトが終わると店の裏で着替えてそのまま海に出て、沖のブイまでの往復をひたすら繰り返していた。最初に波の高い江《え》の島《しま》で泳いだのがいい刺激として効いたのか、材木座《ざいもくざ》で練習を始めてからは調子がよかった。一日一五〇〇メートル程度は必ず泳ぐことにして、調子がよくない日は浜でぼーっとしたり店で少し休んだり。夕方家に帰ってだらだらして朝四時まで爆睡。飽きずに毎日その繰り返しだった。

泳ぐのは楽しかった。別に今までがつらかったわけじゃない。メニューをこなしてフォームを整えてタイムを管理して、時には呼吸や脈拍や食事の内容までを必要なデータとして取り込む。そういう繰り返しに倦《う》んだことはほとんどなかった。

海で泳ぐのは、それとはまた違っていい意味で空っぽだった。クラゲに紫外線に波酔いにと、プールとは別種の危険はいくらでもある。意地悪なうねりと息が合わないこともある。それでもぐいぐいと、何も気にせず、富士山《ふじさん》に見下ろされて泳ぐのは気持ちがよかった。

江の島ボウルに集まった十五人ばかりの同級生の中に、菜々美《ななみ》の顔はない。あれから連絡もとっていないし、遠泳大会に出ることも伝えていなかった。

なんとなく顔が見たいな、という気持ちと見てどうするんだ、という気持ちがぴったり半々くらいで胸にある。どうせ新学期が始まれば嫌でも顔を合わせるし考えても仕方ないか、と思って、ずっしりと重い球を投げてみた。大きく曲がってガーターになったが、割とすんなり投げられたので、本当に筋力がついたという実感が湧いた。

沖合をブイ打ち船が走っている。

マリンスポーツの大会の時など、朝早くから沖に出てコースを作り終えたスタッフにこっそりと割り引いた値段で味噌汁《みそしる》と漬物とおにぎりをふるまうというのも、この店の常だった。

しかし今日はまったく、事情が違う。何せ自分が、その大会に出るのだから。

「水澄くん、今日あの大会出るんだって？　頑張ってな」

「……はい」

毎日のように泳ぐ練習をしているので、水澄の挑戦は近所でもすっかり知るところとなっていた。

大会が始まるのは十時、三キロ泳のスタートは午後二時だ。

まだまだ時間はあるけど、落ち着かない。

店内にはバイト三人に店長、佐田《さだ》にばあちゃんに美咲《みさき》といったいつもの面子《めんつ》に、流《りゅう》の妹と弟もいた。弟のほうは最近、ちょろちょろと店に来る。流とはまったく似ていない大人しい中学生で、どういう風の吹き回しなのか店長が勉強を教えたり話し相手になったりしているようだった。「人にもの教えるの向いてるかも。俺、来年教職取ろうかなあ。ここで寺子屋でも開きたい」などとまたしても思いつきを口にしている。最近知ったが店長は中退した大学の単位を通信で取り直しているらしかった。

「店長が実は学生とか、先生やるとか、全然似合ってないし想像できない」と言ったら

「いや。意外と向いてんじゃねえ?」となぜか流が笑っていた。

「それにしても三キロってすごいね。泳ぐのに何時間くらいかかるの?」

レモネードを飲みながら美咲が尋《たず》ねた。本人曰《いわ》く「最近いいこと続きで少し太った」らしく、注文がドリンク中心になっている。

「たぶん一時間切るくらいです。海の様子にもよるけど」

「早いなぁ」

美咲の隣で、高瀬《たかせ》という四十がらみの男が目を丸くしている。

最近はっきりと知って驚いたのだが、別口の常連だとばかり思っていたこの二人は同じマンションに住んでいて、しかもここ三カ月ほど交際をしているらしい。今日は大会を観戦したあと、熱海《あたみ》まで小旅行に行くそうだ。「同じところに住んでるから改めて旅行に行くって変な感じがするね」と二人して語っているのが、大人なのに初々《ういうい》しいなと思った。

人生はいろいろだ、とちょっとわかったような気になってしみじみしてしまう。

バイトを始めて五カ月程度だが、世の中に人間がたくさんいて、仕事の種類や暮らしぶりなんかも様々で、という当たり前のことに最近ほんのりと気づいた。先月の花火大会ではカップルをひたすらに接客したし、外国からの観光客やバックパッカーだって絶えずに来るし、近所の奥様がささやく噂話《うわさ》のバリエーションは尽きることがない。高校だって、たぶんこの先進学する大学だって大体似たような人間の集まりではあるけど、でも同じようでみんな違うんだろうなと思う。菜々美と自分が、よく似ていながらすれ違ったように。

「どうしたの、ボーッとして。緊張してる？」

ランチに使う弁当箱をチェックしていたら、統一郎《とういちろう》に声をかけられた。最近店長が小町《こまち》通りの土産物屋《みやげもの》で大量の曲げわっぱを買ってきたので、いっそ店で使ってしまえということで「イートインなのに、あえての弁当」という謎メニューが加わった。女性には量がちょうどよく見た目もかわいらしいので意外と評判がいい。

「……人生について考えてた」

「偶然だね。俺もだよ」

苦笑しながら、高瀬の注文したコーヒーを淹《い》れている。統一郎は失敗とか一切しないんだろうなと思っていたけど、人生についてあれこれと考えたくなるようなこともあるんだろうか。今日彼は、遠泳を控えた水澄の補食にと茹《ゆ》でささみの大葉巻きや小さなおにぎりなどを用意してくれた。油を使っていないのに柔らかくジューシーに仕上がっているので驚いたら「ダイエットメニューでもやろうかな。減量中の人でも、ちゃんと満足が得られるような」と、ちょっと遠くを見てまた笑っていた。

「水澄、仕事はもういいよ。準備運動でもしておいで」

「はい」

正午過ぎ、店長に言われて、浜の様子を見に行こうかと思って外に出た。

店の前の坂を下りると、ちょうど本部テントが張られているあたりに出る。そろいのTシャツを着たスタッフが何か声をかけ合いながら動き回っていた。

波高は腹から胸下ほどで、この浜にしてはまずまず高い。

すでに五百メートル泳は終わっていて結果が貼り出されていた。気温、風向き、湿度や透明度といった海のデータもある。流に波や地形の読み方をあれこれ習ったのだが結局よくはわからなかった。しかしとりあえず泳ぐに不向きな海ではない。三キロの参加者は七十名ほどだった。

「水澄！」

太くよく通る声がしたので振り返る。

「兄ちゃ…………兄貴」

久しぶりに会う兄だった。昨日はホテルで行われた何かの会合に出席して、九時ごろに帰ってきたらしい。自分は大会に備えて早めに休みたかったので、すでに寝ていた。

「ごめんなー昨日家で夕食食えなくて。お前朝起きたらいないんだもん。早朝バイトしてるって聞いたけどホントに早くに出てくんだな」

「あ、うん」

「父さんと母さんも来てるぞ、呼ぶか」

「……別にいい。俺は一緒に住んでんだから」

「あっはっは、それもそうだよな」

快活に笑っている。ウェットスーツに包まれた体は弟より一回り大きく笑顔がぐっと深い。マスコミにはよく「ひまわりのような男」などと評されていた。しかし水澄はその表現は正しくないと思う。太陽に向かって、つまり太陽の顔色をうかがって咲くひまわりなどより、よほど強いと思うからだ。花と違って枯れないし。

「ホントにエントリーしたんだなあ。嬉《うれ》しいよ。復帰はしないのか」

「それはたぶん……しない」

「そっか。まあとにかく、手心は加えないぞ」

「わかってる」

兄はゲストスイマーなので、入賞しても表彰台には乗らない。それなりの実力者が何人も参加しているので余裕とはいかないが、たとえ力をセーブしても一位を取るのはそう難しくないだろう。

「水澄くん、久しぶり」

「……どうも」

兄の隣で笑っているのは婚約者の沙穂《さほ》だった。自然に焼けた小麦色の肌に真っ白な歯、嫌みのないショートカットに薄化粧でもこぼれんばかりに大きい目。実に完璧な「湘南《しようなん》の美人」だった。観光案内所で働きつつマリンスポーツの推進に関わっていた活動的な女性で、大学在学中からスタミナや体格を買われ遠泳への誘いを受けていた兄のよき相談相手だった。見た目がつり合うというだけでなく、兄と沙穂の間には人生を近づけ合った者同士にしか出せない空気があると感じる。

「弟さんですか？　彼も選手で？」

主催団体の関係者と思《おぼ》しき男性にちょっと不思議そうな目を向けられた。いくら山口水樹《やまぐちみずき》の弟とはいえ、インハイにも出ていないような元選手のことなど知らないだろう。

「いや、高校生ですよ。今うちの実家、この辺なんです」

「もしかして弟さんもお兄さんに憧《あこが》れて遠泳を？」

「お、そうなんだっけ？」

「……いや、べつに……」

そもそもどうしてエントリーしたのかなんて、自分でもわかっちゃいなかった。

「すみません、写真いいですか」

カメラをぶら下げてキャップと腕章を身につけた数人の男女が、笑顔で声をかけてくる。どこかの取材だろうか。

「はい。水澄、一緒に写るか」

「いや、いいよ。ちょっと体ほぐしてくる」

ぽそっと答えて、足早にその場を離れた。誰をも警戒させず人目をひきつける天性のオーラと、今夏の好調な成績。兄の周りには引くことなく人が集まってくる。同じ空間にいるとそれだけでどうしても気後《きおく》れしてしまう。

「あっつー……」

脳天がじりっと焼けた。

夏の盛りは過ぎても、まだまだ昼日中の日差しは強烈だ。

モヤモヤした気分のままでは三キロなどとても泳げない。どこかで休もうと思い、日陰《ひかげ》を探して歩きだした。

「はー……」

本部テントを離れたものの、店にも大会参加者やその応援がいるはずで微妙に居場所がない。仕方なく豆腐川《とうふがわ》橋の下に逃げ込んだ。

材木座海岸を逗子《ずし》側に少し歩いたところにある、滑川《なめりがわ》よりだいぶ細い川。河口側の橋は海の間近でロケーション抜群なので映画の撮影に使われたりもするらしいが、こちらは単なる国道の下の潮くさくじめっとした空間である。

水面から一段高くなった歩道のような部分に誰かが置いたスポーツバッグの山がある。ちょうどいいと思ってその陰に潜り込むようにして座った。

白鷺《しらさぎ》だろうか、名前のわからない大きな鳥が、器用に橋の下をくぐって飛んでいった。大きな羽音におどろいて肩がぴく、と震える。

「水澄」

名前を呼ばれたので顔を上げ、そして「え」とつぶやく。

菜々美だった。暑さのせいか少し顔が赤く、息が切れている。

誰が気に留めることもない、ただの荷物置き場みたいな小さな空間に、どうして菜々美が。

「……なんで？」

「鳥がこっちに飛んでったから……写真撮ろうと思って」

「いや、えっと」

むしろ聞きたいのはそもそもなぜこの浜にいるのかということだ。それにしてもどうして菜々美は動物を見つけるとフラフラ走り出すのだろう。

五月の江の島でも猫を見つけて駆け出していたな、とふと思い出す。五輪を一年後に控えて、あの島では今も工事が進んでいるらしい。あの時途中までなら入れた海沿いの防波堤も、もう完全に封鎖されていたりするのかもしれなかった。

「…………あ」

そこで気づく。ああ、そうだ。あの日の江の島行きと一緒。菜々美の目当ては兄だ。いまだ山口水樹に恋をしている彼女が、想い人の泳ぐ姿を見に来るのは、思えば当然である。間抜けにも程があるが、まったくその可能性に思い至らなかった。

新学期まで顔を合わせないと思っていたので心の準備ができていない。まいったなと思ってぐっと膝《ひざ》を抱えた時、さらにどうしようもなく心の準備に先んじて、それは起こった。

「え」

菜々美が泣いている。

正確には、ふるりと一粒だ。

表情もほとんど変えないまま、目じりでゆっくりと、涙の玉を膨らませている。

面食らった。苦楽の有無とか情緒の高低にあまり関係なく、水澄はそもそも『泣くほう』ではない。悔しいとか悲しいとか、泣きたいことは多々あれど物理的に泣くまでのハードルがそれなりにある。だから本気で焦った。何をどうしていいのかわからない。

「ごめん。鳥がいたからって嘘《うそ》」

「え」

鳥ならいたじゃないか。白くて大きいのが……とさらに混乱した。

「結婚するって人だよね」

意味の通らない言葉だったが、そこでようやくストンと混乱が収まる。

たぶん菜々美は見たのだろう。すでにすっかり夫婦として周囲に認められたような、水樹と沙穂の姿を。人が泣く理由なんて、難しいようで単純なものだ。

「ほんとにキレイだった」

「……うん」

「ていうか……キレイとか、すでにそういう次元じゃない感じ」

「……うん」

わかるよ、と思った。写真に撮ったら絆《きずな》のありかまで写るんじゃないかと思うほどに似合いの二人だ。

傷ついた顔で、菜々美はうつむいていた。正直わかりたくもないことだが、今の自分にはくっきりと理解できてしまう。そうだ。苦しいのだ。恋が破れると。

「……」

菜々美は指の腹ですっと涙をぬぐった。

要するに彼女は、一人で泣きたくてここに来たのだと思う。人目を避けて橋の下に隠れようとしたのに、そこに同じようにうずくまっている水澄という先客がいた。

自分がフった、しかも片思いの相手の弟だ。さんざんな心境だろう。そしてさんざんというなら自分だってそうだ。兄と婚約者の円満という身内として喜ぶべきことで、好きな相手がぐっさりと傷ついて、静かに泣いている。そして自分はやっぱりそれを見て、性懲《しょうこ》りもなくドキッとした。もう本当にどうしようもない。

立ち去らなきゃいけないと、わかってはいる。

だけど一人にはしたくなかった。

「ごめん。もう帰る」

菜々美のほうが先に、くるりと背を向けた。立ち上がり、その手を取った。

「いや、いろよ」

「……やだ」

一人にしたくない。最終的にはその気持ちが勝る。

「見てけよ。兄貴は本気で泳ぐよ」

「……見たくないよ」

「じゃあ、俺見て」

「え？」

「泳ぐんだよ今日。試合だと初めて。三キロ」

浜のほうから歓声とホイッスルが聞こえた。一キロ泳が始まる。

「菜々美に見てほしい」

言われたところで困るだろうな、とは心の隅で思っていた。

だけどどうしても、言いたかった。

伝えたいことを伝えたいまま、ざくりと掘り出したような素の形でぶつけることができたのは、思えば初めてのような気がした。菜々美と目が合う。それ以上は、何も言えなかった。

プール水泳と野外遠泳の最たる違いは、実はスタートかもしれない。

コースロープで仕切られた「自分のレーン」にコンマ一秒をかけ飛び込むのとは根本から違い、海に向かって我先に走るところからレースが始まる。岸壁や水中からスタートする大会もあるが、とにかく基本的には他者と自分を隔てるものはない。当然物理的な接触もあるし、ここで闘争心の強い選手が出す圧に負けると出鼻を思い切りくじかれることにもつながる。

兄の荷物に入っていた教則本にはそう書いてあった。

もちろんタイムを競う形ではあるものの、OWSで大切なのはあくまで着順だ。海が荒れている時などは、他人の後ろについて泳ぎ波除け代わりにし、体力を温存する、というような戦略だって有効になる。肩が触れ合うような距離での密集したスタートは、やはり異様に思えた。飛び込み台の上からのスタートしか経験したことがない自分にとってはなおさらに。

兄はどうするんだろう。誰よりも先んじるのか、戦略として影をひそめるのか。

ゴーグルをつける一瞬前、水樹と目が合う。なんとなくだが笑ってくれるかと思った。

世界の激戦地はもちろん、たぶん五輪会場である東京の海よりも、ずっと穏やかな浜だ。笑いながらすいすい泳ぐんだと思っていた。

しかし彼は、笑わなかった。

カウントダウンが始まる。

ホイッスルと同時に、兄が走り出した。波に一切足をとられず、軽々と飛び越さんばかりの足取りで沖に向かって駆け、実際にいくつかの波をひょいと流したあとに、海面と戯《たわむ》れるようにスムーズに入水していく。間違って波打ち際まで来てしまったイルカが沖に戻るみたいな、迷いのなさだった。

ああ勝つ気だ、と思う。

山口水樹は勝つ気でいる。大会にも、海にも。

誰の後ろにも甘んじずに、ぶっちぎりの一位で泳ぎきる気だ。

勝てなくても、負けたくない。そんなよくわからない気持ちに突き動かされて、砂を蹴《け》立《た》てて走った。スタートはあまりきれいじゃなく、少し波に押しもどされる感覚があった。だけど大丈夫だ。自分だって泳げる。

遅れるな、ついていけ、食いついていけ。

そればかりが頭の中を回っていた。海は何が起こるかわからないけど、とにかく上位のグループから遅れすぎないようにペースを守って泳ごう、とそう思っていた。ほんの数回程度とはいえ、練習でも泳ぎきった距離だ。落ち着いて挑めば何事もなく終わる、と。

しかし実際に放り出されてみると、足のつかない広々とした海で、ライバルの背中をいくつも目の前にした状態で泳ぐというのは平常心を削られる。ほとんど浮遊物のない遠浅の海だが、それでも何かが手足にぬるっと触れたり、急に波の切れ方が変わったり、またぐっと水温が下がったりするポイントというのはある。

順位でいえば七十人のうちの真ん中よりは上だろう。それでも一番よくないところにいる気がした。前からも後ろからも圧をかけられているような感覚がある。何せひとかきごとに他人が起こす波を前後左右から直接感じるのだ。この距離を人と競って泳ぐのが初めてで、レースの展開というものがよくわからない。だいたい何人が前方の集団から脱落するのかトップとどれだけの差がつくのか。緊張のせいか、しっかりと水面で呼吸ができていない気もした。レスキューボートに乗った伴泳係がいるので、それを目安にしてどうにか先走りすぎないように泳ぐ。

周囲の参加者には普段五キロや十キロを泳ぎこんでいる者も多いのだろう。スタート前から落ち着いていたし、フォームは大きくも無駄がない。

焦りながら、しかし集団が起こす流れにうまく乗って、ひたすらに泳いだ。最初の折り返しの手前くらいでようやく、今日の海を摑《つか》んだような感覚があった。沖合に二点置かれたブイをぐるりと三周し、浜辺に帰る。それがコースだ。

この調子ならいけると思った、次の瞬間。

波に流されて体がぐらっと浮く。パチンと間近で不吉な音がした。

「！」

接触だ、と思う。間近というよりはほとんど頭の中で聞こえた。何の音だ？

「……っ」

海水が目に入り、刺すような痛みに襲われた。

ゴーグルが外れた。嘘だろ切れたのか、と立ち泳ぎで周囲を見回そうとするが、人の流れに妨げられてうまくいかずに結局は見失う。痛みで目が開かない。とにかく流れに戻らないと、と思って再び泳ぎだそうとした時に、ひときわ高い波が来た。

正面からもろにかぶって、水を飲む。反射的に吐き出そうと口が開いたところにまた、どっと流れ込んだ。喉《のど》が焼け頭がズキっと痛む。

どうしよう、正面で息をつぎやすい平泳ぎに切り替えようか。ゴーグルが外れたくらいでレスキューは呼びたくないしリタイアなんて論外だ。とにかく進め、と思ったが動揺のせいか足がうまく動かない。つったのとは違うが、つま先が異様に冷たく、そのまま海の底に絡めとられそうな恐怖を呼び起こす。

目を閉じて必死で泳いだ。ブレスのたびに目元にしぶきが飛び、それを避けるために必要以上に上体を起こす羽目になる。ぷは、と自分の呼吸音がひときわ大きく聞こえた。バラバラになったフォームが戻らない。波のリズムが読めない。体力が持たないかもしれないというじわりとした不安がまた、体をはいのぼって四肢《しし》の動きを鈍らせる。悪循環だった。

「水澄！」

「っ？」

すぐ間近で聞こえるはずのない声がした。ちょうどブイを回ったあたりに、兄がいる。波をうまくかわしながら自分を待っていた。

「え？　なん……っっ」

その様が信じられず、一瞬キョトンとした。兄の姿なんて、とっくに見えなくなっていた。まさか周回コースの反対側から自分の異常に気づいて泳ぎをやめたのか？　なんのために。幻《まぼろし》に吸い寄せられるような気持ちで、近づいた。

「使え！」

頭から乱暴にゴーグルを外して、数度振り回した。

九つ年上の兄の声には、昔から逆らえない。手渡されるままに、受け取ってしまった。

水澄の背をぱしりと一つ叩くと、水樹はそのままゴーグルなしで、当然のようにルートに戻っていく。猛烈な勢いで泳ぎだした。

水澄を待っている間に自分を抜いていった十人か二十人、まとめてごぼう抜きにする気だ。そして当初の予定通りに勝つ気でいる。大人げないが、彼はそういう男だ。

「っ」

波の隙間《すきま》で思い切り体を真上に押し出し、譲られたゴーグルを手早くはめた。

ちくしょ、と胸の中だけでつぶやく。

結局兄に助けられた。一人で泳ぎきるはずだったのに。

絶対勝つ。勝てないとか関係なく勝つ。

生まれて初めてともいえるような闘争心だった。波を背から受ける格好で、浜に向かって泳ぎだす。ぐっとしっかり正面で呼吸をついでから、プールで泳ぐ時と同じように体を丸め、一気に伸ばした。壁こそ蹴っていないが、余計な力の入らない理想的なストリームラインだ。それでまた、水と一体になる感覚が戻ってくる。

泳いでやる。このまま最後まで、全力で。

完泳してゴールゲートをくぐり砂の上に倒れ込んだ瞬間、全身が一気に干上がったような脱力感に襲われた。一時間ぶりの揺れていない地面に、体が驚いている。

邪魔にならないようによろよろと少し歩き、思いっきり大の字になる。空の真ん中にある太陽がカッと光った。

ムキになって泳ぎすぎた。比喩《ひゆ》じゃなく死ぬかと思った。もう一ミリも、体力が残っていない。最後のあたりは再びフォームが駄々崩れになったし、みっともないレースだったと思う。それでも泳ぎきった。

「あ」

荒く息をつきながら富士山のあるほうを見て、そこで気づいた。

ぱっきりとV字に割れた、稲村《いなむら》ケ崎《がさき》の切通し。そのなかにぴったりと、江の島のシーキャンドルが収まっている。毎日のように浜に下りていたのにまったく気づかなかった。当《まさ》にこの地点から見た場合だけ、きれいに間に見える形になるのだろう。

菜々美に教えてやりたいな、と思った。じめじめした橋の下じゃなくて。今度はここで会いたい。彼女は結局、競技を見ていったんだろうか。ゴーグルの顚末《てんまつ》を知って、水樹に惚《ほ》れ直しただけだったりして。はは、と力の抜けた笑いが漏《も》れた。

「お疲れ」

視界にぐいっと、太陽よりも強い兄の笑顔がかぶさってきた。カメラのフラッシュがたかれる。兄が困っている弟を助けた美談として、どこかに載ったりするかもしれない。別にどうでもよかった。手を引かれて立ち上がる。兄と手をつないだのなんて何年ぶりだろう。分厚い手だった。

「……これ」

「おう」

借りていたものを差し出した。口の中でもごっと礼を言う。

「速かったな。八位だってさ」

「……兄ちゃんは」

「一位だよ。決まってるだろ」

「……だろーね」

ゴーグルなしで全員ぶちぬいてそのまま、参考記録とはいえ優勝だ。まったくもって敵《かな》わない。

「水澄、遠泳初心者とは思えないな。好きな子にいいとこでも見せたかったのか」

そう尋ねられては、苦笑いするしかなかった。「俺の初恋の相手は兄ちゃんが好きなんだよ」と正直に伝えるわけにもいかない。

まだ切れている息で「そんなとこ」とだけ答えた。

「結局誰一人として恋仲の相手ってやつができなかったねぇ。君たちは」

夜十時の店内、店長が麻雀《マージャン》ゲームになったテーブルでパソコンを広げて仕事をしていた。どんなに長くても早朝から夕方までしか営業しないこの店で、夜と名のつく時間を過ごすことはめったにない。

「俺のトイレ小説は無事に完結したっていうのにさー。何かドラマチックな出来事はないわけ、リアルのほうでは」

「それ、最終回のネタを提供したのはうちの博孝《ひろたか》なんですけど」

「レモネードやらわっぱ飯の中身やらいろいろ考えててそれどころじゃなかったですね」

「……疲れた」

照明の落とされたフロアでぼそぼそと会話している。

十五年生きてきて初めて、家族とも学校とも水泳とも関係なく外泊をした。とはいっても何か特別な事情があるわけではなく、ただの成り行きだ。

表彰式が終わったあと、家に帰る気にはなれず店に戻ってカウンターの隅で突っ伏して少しだけ寝た。店は夕方まで営業したらしく、起きた時には片付けの最中で。

そのまま作業を手伝って日が落ちた頃、近所で遊んでいた流の妹が「花火したい」と言いだしたので、アメリカヤでバカみたいな量を買い、真ん中の弟やそのあたりにいた人間も集めて浜辺でやった。最近雑誌の取材が続けて入っているらしくご機嫌な店長が「好きなだけ買いなさい」というので、端から端まで試す勢いであらゆる花火を楽しんだ。八時過ぎ、なんとなく帰りがたくて店に残っていたら、一度はきょうだいを送って家に帰ったはずの流がフラリとまた現れた。

「親父がさあ。『たまには流も家のこと忘れて友達と夜遊びでもしてきなさい』って言うんだよ。金もないのにどこで遊べっていうんだかな。困った父ちゃんだよ」

呆《あき》れたような顔だが、別に不満ではなさそうだった。ここのバイトは、行くところがないとここに来るのがもはや習性になっている。

そして意外なことに、統一郎もそのまま店に残った。

「今日は好きな人が彼氏と旅行に行ってるから、いろいろ考えそうだし俺も帰りたくない」

物陰でこっそり教えてくれたところによると、そういうことらしい。一体誰に恋して誰にフラれたのかは、尋ねても教えてくれない。「今日彼氏と旅行に行ってる」という言葉に何かが頭をかすめたものの、結局は謎のままだ。確かにそんな人を知ってる気はするのだが、喉の奥の小骨のようにひっかかったままで、どうにもすっきりしない。

「明日そのまま働いてもらうけど、それでもいいなら泊まってってもいいよ、家にちゃんと連絡してね」と店長が言い、それで全員、泊まっていくことになった。店の裏でシャワーを浴びて、店長が上から運んできた適当なマットレスやらなにやら敷いて、遠泳大会の残念会とも、ただの男子会ともつかないだらだらした時間を過ごした。十分や二十分で家まで帰れるのに帰らないというのはなんとなく贅沢《ぜいたく》でテンションが上がった。

未成年なので酒が入るわけじゃない。店長の住処《すみか》である二階に行ってみたいと迫って止められたり、来月雑誌に載る予定の雑誌記事のゲラを見せてもらったり。やったことと言えばそのくらいだ。

夕食は厨房《ちゆうぼう》の残り物でオムカレーをこしらえた。水澄が薄いオムレツをつくり、店長がさっとつくったチキンライスの上にのせ、さらには流のカレーをかけて、統一郎のレモネードを添える。店長のつくったものを食べる機会はそうないが、パラパラかつふっくらとしてあとを引く旨《うま》さだったので全員おかわりをした。

バイトからチキンライスの出来を褒められた店長はしきりに照れ、

「そりゃこう見えても飲食の店長だし……大学生を七年やったから、こういうお手軽メニューは得意なんだよね」

などと告げてきた。自分は進学しても絶対に四年で卒業しようと思った。

食器を洗ってひと休みして、十一時を過ぎる頃には全員がウトウトし始めた。

「眠い……」

日中三キロ泳いでいるので、全身心地よく疲れていた。もともと朝型の統一郎も、しばらく忙しそうにしていた流も、今にも寝落ちしそうな顔をしている。

「君ら本当に健康的だね、なんで花の十代が十一時やそこらで眠くなるわけ？」

店長は呆れていた。

「なんかもう完全に恋愛音痴《おんち》の巣って感じだなあ」

床やらテーブルやらで思い思いに雑魚寝《ざこね》するバイトを見下ろして、やれやれとため息をつく。

「そういえば巣で思い出した。もともとこの店はね『The early bird catches the worm』って名前にするつもりだったんだよ。オシャレだろ？　意味は『早起き鳥はミミズをつかまえる』つまり『早起きは三文の得』ってこと。まあ長いし覚えにくいし、食堂なのに『ワーム』はよくないと思って『アーリバード』とかいろいろ考えたんだけど。結局古語の『日ぐらし』から『そのひぐらし』にしたんだよ。『ひぐらし』って言ってもセミじゃなくて、意味は……」

店長はオシャレ路線としてスタートしたこの店の歴史について回想し始めた。とつとつと語るその声はまるで子守歌のように聞こえて、そのうちすぐに寝入ってしまった。

アラームなしでぱちりと起きると見事にいつも通りの午前四時で、ぼんやりしたまま全員で店を開けた。六時を過ぎた頃に休憩をもらったので、浜に下りてみる。すでに周囲は明るかった。テントはとっくに片付けられ、砂が少しへこんでいること以外に大会の形跡はない。波は昨日よりも穏やかで、思いっきり息を吸い込むとなぜだか鼻の奥につんと焦《こ》げたような香りがする。寒くもないのに、誰かが火でもたいたんだろうか。あるいはただの、夏の朝の空気というやつかもしれない。

早起きをした観光客らしいカップルが肩を寄せ合って写真を撮っていた。沖ではハーバーライトがぽつんと光り、一三四を通る車の音が細く尾を引く。潮は満ちていて和賀江島《わかえじま》はほとんど沈んでいた。

毎日そこにあるいつも通りの海だった。

誰かが忘れていったのか、ビーチサンダルがちょんとそろえて砂の上に立ててある。ボート小屋の数が、八月のはじめより減った気がした。

夏が終わるな、とぼんやり思った。

バイトを頑張った。たくさん泳いで遠泳大会に出た。学校の課題は終わったし一応友達とも遊んだし。犬のダイエットに貢献したり珍しく本を読んだりもした。なんだけっこう盛りだくさんだったんじゃないか、と思ったら少しだけ笑えた。春先、一日のいろんなところにあった余白が少し埋まったような気がする。今日の夕方も泳ごうか、と決めるでもなく決めた。別に本格的に水泳を再開したいわけじゃない。でも夏が過ぎるまでのほんの数日。変わらずにこのまま、泳ごうかと思う。

充電の切れかかったスマホを取り出す。

菜々美からメッセージが来ている。ほんの数分前だ。

『お疲れ様。昨日はどれが水澄かわかんなかったけど……でも見てたよ』

緊張しながら開いたのにそんな言葉が並んでいたものだから、思わずぺったりと砂の上に座り込んだ。どれが自分かわからない。そりゃそうだ。七十人も同時に泳いだんだから。それでも嬉しかった。

『今バイト先なんだけど。朝飯、食いに来る？』

そう送ってみる。今日の朝食は夏野菜の揚げびたしとアジフライ。もしくはシラス入りのトマト粥《がゆ》。またはすっきり風味の朝カレーだ。今から来たところで朝食には遅い時間にはなってしまうだろうけど。

返事はそれほど時間を経《へ》ずに返ってきた。

『行ってもいい？』

うん、と打とうとしたところで画面が点滅し、電源が切れた。

すぐ充電しないと、と思ってタッタッと店に戻る。

歩いて二十秒、走れば十秒、はしゃいだ犬のダッシュなら五秒くらい。

そういえばまだ菜々美にケリーを紹介してないなと思う。

この先どうなるかわからないけど、でも、会えたら話したいことがたくさんある。

まだサラダしか食べてもらってないし、菜々美が来たらこっそりオムレツ出させてもらおうかな。そんなことを考えながら、店の前まで歩いた。スケボーのデッキに書かれた「そのひぐらし」の看板が少しだけ曲がっている。直していたら、歩いてきたお客に「お店、開いてますか？」と声をかけられた。

振り返り「はい。いらっしゃいませ」と答える。声がちょっと弾んだ。

※本書はフィクションであり、実在の店舗、学校、人物、寺社、催事とは一切関係ありません。取材にあたり、「海宿《うみやど》食堂　グッドモーニング材木座」のスタッフの皆様、お客様に大変お世話になりました。また、貴重な話をお聞かせくださった材木座の皆様にもこの場を借りてお礼申し上げます。ありがとうございました。

※この作品はフィクションです。実在の人物・団体・事件などにはいっさい関係ありません。

集英社オレンジ文庫をお買い上げいただき、ありがとうございます。
ご意見・ご感想をお待ちしております。

●あて先
〒101-8050　東京都千代田区一ツ橋2-5-10
集英社オレンジ文庫編集部 気付
相羽　鈴先生

鎌倉男子 そのひぐらし

材木座海岸で朝食を

集英社
オレンジ文庫

2019年7月24日　第1刷発行

著　者　相羽　鈴
発行者　北畠輝幸
発行所　株式会社集英社
〒101-8050東京都千代田区一ツ橋2-5-10
電話【編集部】03-3230-6352
【読者係】03-3230-6080
【販売部】03-3230-6393（書店専用）
印刷所　図書印刷株式会社

※定価はカバーに表示してあります

ISBN 978-4-08-680264-2 C0193